長編小説

五人の未亡人

睦月影郎

竹書房文庫

目次

ペグハウス 見取り図

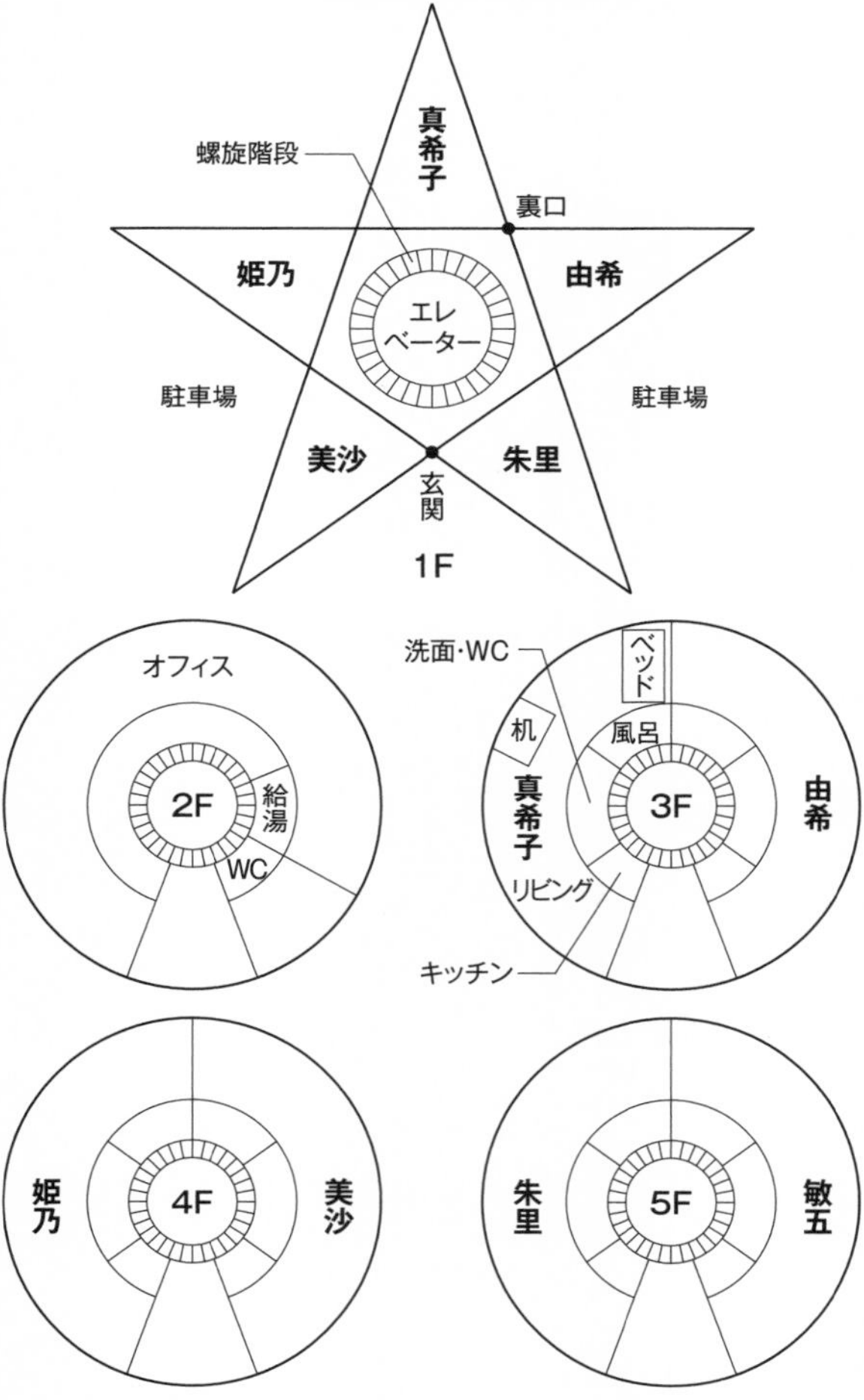

※この作品は竹書房文庫のために書き下ろされたものです。

第一章　就職先は女たちの園

1

（あ、あれだな。何て変わったビルだろう……）

敏五《びんご》は、目当ての建物を見て思った。

国分寺のアパートから、ほんの数駅なのに周囲は武蔵野の山々が広がり、緑の中に奇妙な建物が聳《そび》えていた。

一階が大きく張り出し、二階から五階までは円柱状で、何やらボルトを立てたような形をしていた。

この『ペグハウス』というビルが、彼の就職先ということになる。土方《ひじかた》敏五は二十五歳、大学を出てからずっと就職浪人で、居酒屋のバイトばかりしていた。

実家は福島にあるが、すでに両親はなく、兄夫婦が稼業の薬局を継ぎ、二人の子がいるので敏五の部屋も占領されているため滅多に帰省はしない。

次男なのに、名に五が付くのは、父が五十のときの子だかららしい。

敏五の専攻は国文学で、中学か高校の国語教師にでもなれれば良いと思っていたのだが、何しろ教員の門は狭く、それに今どきの中高生に教えるのは気が重かったから、本当の志望は作家だった。

元々シャイで人前で喋るのなど苦手だった。だから未だに彼女の一人も出来ず、たった一回だけ風俗に行って初体験したが、あまりに味気なく、以後病《や》みつきになることもなく今も素人《しろうと》童貞だった。

そして小説の方も、数々の新人賞に応募したが目は出ず、そんな折りに大学の古代史サークルの先輩から、もし事務や雑用で良ければと、この就職先を紹介してもらったのである。

正社員になれば住まいも与えられるというし、その先輩、水沢朱里《みずさわあかり》も働いているということで履歴書を送ったのだ。

すると面接もなく、すぐにも来てくれとの手紙をオーナーからもらい、早速今日、出向いて来たのである。

とにかくその奇妙な建物に近づくと、左右から壁が張り出し、その奥まったところに玄関があった。自動ドアで、中に入るとすぐ受付があり、中央には螺旋《らせん》階段と、その真ん中に円柱のエレベーターが一基あった。

「いらっしゃいませ」

すると受付にいた美少女が、笑窪《えくぼ》を浮かべて声を掛けてきた。

「あ、連絡を頂きました土方ですけど」

敏五は、まだ十八、九歳ぐらいに見える美少女に言った。いかにも会社の事務員といった青いベストを着ているが実に清楚で、アイドルでも務まりそうな美貌である。

「はい、伺っております」

彼女が答えると、奥の部屋から大学の先輩の朱里が出てきた。

「来たわね。敏五君」

「あ、お久しぶりです」

三年ぶりぐらいだろうか、相変わらず黒のロングヘアーにメガネ、ブラウスにタイトスカートという女教師然としたスタイルだ。

敏五が一年生の頃、何度となく当時院生だった朱里の面影でオナニーしたものである。数年前に結婚したと聞いているが、今は二十九歳になっているだろう。

「まあ、全然変わらないわね。でも、さらに太った？」

朱里は彼の一張羅《いっちょうら》の背広姿を眺めて言った。

「はあ、済みません。居酒屋のバイトで動き回ってる割りには八十五キロから減りません」

「オーナーは二階のオフィスだから、そこから上がっていくといいわ」

言われて、敏五は朱里と、受付の美少女に会釈し、螺旋階段を上がっていった。

二階に行くと、すぐドアがあり、『ペグハウス』と書かれていたので軽く三度ノックした。

「はい、どうぞ」

応答があって開けると、中は明るいオフィスだった。

多く並んだスチール棚には夥《おびただ》しい書物やファイルが並び、デスクも四つ揃い、奥まった窓際の机から一人の美熟女が立って、こちらに歩いてきた。

「土方敏五です」

「ようこそ。オーナーの土井《どい》です」

一礼して言うと、彼女が名刺を差し出してきた。名は、土井真希子《まきこ》、まだ四十前ぐらいだろう。

なんて綺麗な人だと思い、整った顔立ちとブラウスの胸の巨乳をチラと見ると、真希子は隅にあるソファへ案内してくれた。

するとドアがノックされ、受付にいた美少女が入ってきた。

「由希《ゆき》、コーヒーを二つ。あ、コーヒーでいいかしら？」

「はい」

敏五と美少女が同時に返事をして、由希と呼ばれた子はクスッと笑いながらコーヒーを淹《い》れに行った。

「私の娘なの」

「そ、そうなんですか」

敏五は答え、世の中には美しい母娘がいるものだと思った。

「それで、仕事のことだけれど」

「はい、一応ホームページは見たのですけど」

「あまりよく分からなかったでしょう」

「ええ……」

図星を刺され、敏五は曖昧《あいまい》に頷《うなず》いた。

「要するに、ここは占いを中心とするカウンセリングルーム、平たく言えば女性相手の人生相談所ね」

真希子は言いながら、テーブルの上に書類を広げた。このビルの展開図である。

真上から見ると、ボトルの台座、つまり一階が正五角形になっていた。あとは、二階から五階まで円柱で、中央にエレベーターと螺旋階段が通っている。

一階は、正五角形の中央のホールに受付やトイレがあり、五方向に伸びたトンガリがスタッフの各部屋になっていた。そして外は、その各窪みが機能的に一台ずつの駐車場になっているようだ。

五つある三角形の部屋には、それぞれのスタッフの名が書かれていた。

土井真希子　（九星気学）
木村《きむら》由希　（占星術）
水沢朱里　（易）
金山姫乃《かなやまひめの》　（カード）
火野美沙《ひのみさ》　（手相）

（母娘と言ったけど姓が違うのは、何か事情があるんだろうな）

敏五は、由希の姓を見て思った。

そこへ由希がコーヒーを持って部屋に入ってきて、書類を避けて端に置き、

「失礼します」

　と一礼して出ていった。

　二階はオフィスで、三階から五階まではスタッフの私室で、皆ここで寝起きしているようだ。私室は、各階に二部屋ずつあり、あとは屋上である。

「ペグというのは、どういう意味なんでしょう」

「釘とか杭ね、風や水に流されそうになった心を食い止めるもの。そして一階の形から、ペンタゴンを省略した意味もあるの」

「そうですか。どうして僕が、履歴書だけですぐ呼ばれたのでしょう」

　敏五は、疑問に思っていたことを訊《き》いた。

「それは、朱里さんから人となりを聞いていたから。真面目この上ないって。そして名前も気に入ったわ。五が付くから」

　真希子が言う。よほど五という数字や星形が好きなようだ。

「そう言えば、土方歳三《ひじかたとしぞう》は五稜郭《ごりようかく》で死にましたね」

　敏五は言った。箱館の五稜郭も、五角形の城である。

「ええ、土方歳三は会津とも縁が深かったけど、福島出身のあなたはご縁があるのかしら？」

「いえ、トシさんとは関係ないと思います。うんと先祖をたどれば西東京出身かも知れないですが。僕は見た通り運動音痴で、家は代々薬局です」

「そう。でも、土方歳三も若い頃、薬売りをしてましたね」

「五というのは、何か意味があるんですか」

訊くと、真希子はコーヒーを一口すすり、彼にも勧めた。敏五も、ブラックのまま一口飲んだ。

「人は七や八が好きなの。七福神、七宝、七不思議、七つの大陸、虹の七色。あるいは、末広がりの八、八卦《はっけ》、八識《はっしき》、八幡《はちまん》様、八正道《はっしょうどう》、八咫《やた》の鏡、八紘一宇《はっこういちう》」

真希子は、生徒に講義するように話しはじめた。

「でもアジアでは、陰と陽、つまり表か裏かという二が主流なのね。しかし日本人は三をよしとした」

「はあ、白か黒でなく、日本は灰色も含めてファジーな部分がありますね」

「その通り。それで三権分立、衣食住、天地人、グーチョキパー……、それから桃太郎の鉢巻きの桃はほぼ三角形、これはおにぎりの形。つまり鬼のいる方向は北東、丑《うし》寅《とら》の方角ね。牛の角に虎の褌《ふんどし》。その丑寅を攻めるのは反対側の干支、猿鳥犬の家来が必要だった」

「なるほど、それで三角は鬼を斬るという、おにぎりの形なんですね。でも丸いおにぎりは？」

「それはおむすび、漢字で書くと産霊《むすび》」

「面白いです。まさか前は国語の先生とか？」

「ええ、そうなの。ここのスタッフは、みんな私の元教え子なの」

真希子が答え、敏五も納得したものだった。

2

「では、五の話に入るわね」

真希子の講義は、まだまだ続いた。

「五角形は、三角以上に魔除けの意味が大きいの。安倍晴明《あべのせいめい》の五芒星《ごぼうせい》は一筆で書くと元に戻る、つまり隙の無い要塞になるの。そして五感、五体、五臓、五色（白黒赤青黄）、五穀（米麦粟黍豆）、五大（地水火風空）、そして五行（木火土金水《もっかどこんすい》）という、地球を構成する五つの物質、さらに日本陸軍のマーク」

「あの、スタッフの苗字に、みんな木火土金水の字が入ってますね……」

敏五は、ふと気づいて言った。

自分の苗字にも土の字がある。名に土と五があるから採用されたのではないか。

「まあ、よく分かったわね。すごいわ。実は、みんな結婚して偶然にもその字が入ってから、私を訪ねてきたの。それでこの仕事を思い付いたのよ。しかも、私を含めて全員が未亡人」

「え……、まさか、由希ちゃんという娘さんも……」

「そうよ。旧姓に戻していないの」

真希子が言う。

敏五は、あんな可憐な美少女が、すでに未亡人ということに驚きを隠せなかった。

未亡人とは、まだ死んでない人、つまり昔は、夫とともに死ぬべきなのに生き残っている妻という意味があり、今はあまり使わない方が良い言葉とされている。

が、敏五は未亡人という言葉に、すでに快感を知っているのに相手のいない人、という何やら艶《なま》めかしい響きを感じていた。

「そこで私は、親や夫の遺産と保険金で、このビルを建てたの。多くの悩める女性を救うために」

それで五人がカウンセリングと占術の勉強をして、先月にペグハウスがオープンしたようだった。

「それで、僕はどんな仕事をすれば」

「まだオープンしたてだから、しばらくは皆に言いつけられた用事をこなして。どうしても男手は必要なので」

「分かりました」

敏五は答え、余りのコーヒーを飲んだ。

「全員がＯＫをすれば正社員にするので、そうしたら五階にある空室で寝起きして構わないので。もっとも、すでに朱里さんと由希からはＯＫが出ているから、残りのスタッフに紹介するわね」

真希子がコーヒーを飲み干して立ち上がったので、敏五もコーヒーを空《から》にして慌てて腰を上げた。そして気を利かせて彼女のカップを受け取り、オフィスの隅にある給湯室の流しに置いた。

昔からの知り合いで、しかもここを紹介してくれた朱里はともかく、もう由希も敏五に好印象を持ってくれたということだろうか。

とにかくオフィスを出ると、また階段を下りて一階に行った。

「お客さんは？」

「誰もいませんので」

真希子が訊くと、受付の由希が答えた。由希も占星術を学び、客が来て指名されれば自分の部屋で鑑定や相談に乗ったりするのだろう。

すると真希子が、五つある一つの部屋をノックした。ドアには、姫乃と書かれているので、カード占いの人らしい。

返事があり、中に入ると暗い中にキャンドルが灯《とも》り、テーブルには水晶玉やタロット、トランプなどが置かれて、いかにも占いをする部屋といった感じである。

そしてテーブルの向こうには、黒いベールをかぶった長い黒髪の美女がいた。

眉を隠す前髪が横一文字に揃い、黒いアイシャドウが濃く、唇の赤い姫乃が立ち上がった。

室内には香が焚《た》かれ、彼女が近づくと妖《あや》しい匂いが揺らめいた。

「今度うちで働く土方敏五さんよ」

「よろしくお願いします」

真希子が紹介し、敏五は頭を下げた。姫乃は、三十代半ばといったところか。

「よろしく」

姫乃は言い、無表情にじっと彼を見つめている。

「彼女は、私が新卒で着任したとき高校三年生だったの」

真希子が言うので、二人の年齢差は四つか五つだろう。

「じゃ、何か用事があったらいつでも言って下さい」

敏五が言うと姫乃は頷き、やがて二人は部屋を出た。

次は、美沙と書かれた部屋だ。

ノックして入ると、手相とは言っても中は洋風で、しかも隅にはダンベルなどが置かれ、生《なま》ぬるく甘ったるい匂いが籠《こ》もっているではないか。

美沙は三十歳前後でショートカットの、活発そうな美女だ。

皆、客が来るまでは各部屋で自分の占術の勉強をしたり、美沙のようにトレーニングしている者もいるらしい。

彼女はジャージの上下だが、服の上からも引き締まった肉体や筋肉が窺えた。

「美沙さんは空手のチャンピオンだったの。元夫もスポーツ講師」

「そうなんですか」

真希子に言われ、手相占いとアスリートの組み合わせがよく分からなかったが、確かに逞《たくま》しくて強そうだ。

「よろしく」

美沙が言っていきなり手を握ってきた。強い握力にビクリと身じろぐと、彼女はそのまま彼の手を目の前に持ってきて見つめた。

「女性運は良いほうなのに、いま彼女はいないようだわ。でも金運も良いし、すごくいい手相をしているわよ」

「そ、そうなんですか。嬉しいです」

言われて、ようやく手を離されて敏五はモジモジと答えた。もしかしたら、素人女性に手を握られたのは生まれて初めてかも知れない。いや、高校の学園祭のフォークダンス以来か。

とにかく、五人もの美女と知り合うなど初めてのことで、胸の高鳴りと緊張が治まらなかった。実際、全く他に男はいないようである。

やがて二人は部屋を出た。

五人とも違うタイプなので、様々な客に対応できそうだった。

朱里とはもう顔を合わせたし、昔から知っているので、真希子は彼をエレベーターに乗せて三階まで行った。

二階から五階は、真ん中にエレベーターのある円柱だから、まるでバウムクーヘンを立てたようだ。三階で降りると、僅かに廊下のスペースがあり、右が由希、左が真希子の部屋らしく、三階は母娘のフロアのようだ。

左のドアを開けて招き入れられると、半円状の広い窓から山々の緑が見えていた。

壁は全て曲線を描き、キッチンとリビングを抜けるとベッドがあり、その奥はバストイレらしい。

円柱のフロアの二分の一近くを占めているので、実に広いワンルームである。

流しとコンロ、冷蔵庫やレンジがあり、それぞれ自炊しているのだろう。

ここから最寄り駅までは徒歩十分ぐらいなので、思い思いにスーパーなどに買い物に出ているようだ。

私室は、どれも同じ作りらしく実に快適そうである。

そして室内には、美熟女の甘い匂いが生ぬるく立ち籠めていた。

「美沙さんが言ったように、本当にまだ彼女はいないの？」

真希子が、ベッドの端に腰掛けて言う。敏五は、化粧台の椅子に腰を下ろした。

どうして私室に招かれたのか分からず、また、何か仕事を手伝わされるわけではないようだ。

真希子は、アップにした髪と薄化粧した顔つきでじっと彼を見つめ、脚を組むと僅かに裾がめくれ、膝小僧から脛《すね》がスラリと伸びてきた。

「え、ええ、いません。今まで一度も……」

「では、正真正銘の童貞？」

「いえ、学生時代に一回だけソープランドに行っただけで、それ以外はないです」

彼は正直に答えた。こうした話題で股間が熱く、次第に痛いほど股間が突っ張ってきてしまった。

「その時はどうだった。良かった？」

「緊張と興奮で萎縮して、やっとの思いでいけたので辛い方が大きかったです。味気なくて、病みつきになりませんでした」

「そう、自分でする方が良いと思ったのね」

「ええ……」

答えながら、敏五は何やらモテない男がカウンセリングを受けている気になった。

「私の夫も教師で、五歳上だったの。交通事故死したのが五年前。私は今三十九歳。由希が生まれてからは、ほとんど性交渉もなかったわ。互いに忙しかったし」

「そうですか……」

「それで、朱里さんから聞いて、うぶで真面目な子がいるっていうので履歴書と写真だけで決めちゃったわ。私が満足するまで我慢できたら、正社員に採用するわ。それが嫌でないなら脱いで」

「え……」

敏五は、思ってもいない展開に戸惑った。彼は二枚目ではないが、真希子は何しろ真面目な男を求めているようだった。

「ここには誰も来ないし、どんな客が来ても下の四人で対処できるから安心して。もし嫌だったら、採用の話はなかったことにして帰ってもらうことになるわ」

年上の無遠慮さか、真希子が熱い眼差《まなざ》しをそらさずに言い、微かに甘ったるい匂いを濃く漂わせた。

どうやら相当に欲求が溜まっているようで、その性の解消のための道具として敏五が呼ばれたのかも知れない。

「い、嫌じゃないです。でも緊張して汗ばんでいるので、シャワーをお借りしていいですか……」

股間を熱くさせて言うと、

「ええ、やはり真面目なのね。そこよ。タオルは置いてあるからどうぞ」

真希子が洗面所を指して言い、敏五は立ち上がって目眩《めまい》を起こしそうな興奮の中でバスルームへ入っていったのだった。

3

（ゆ、夢じゃないだろうな……）

敏五は思いながら脱衣所で手早く全裸になり、そこにあった赤い歯ブラシを嗅いでみたが特に匂いはなかった。そっと洗濯機を開けてみたが、洗濯済みの下着などはなく空だった。

まあ下着など嗅がなくても、魅惑的な美熟女の生身が自由になるのだ。

バスルームでシャワーの湯を浴び、ボディソープで全身を流し、特に腋《わき》と股間を念入りに洗った。

さらに口をすすいで放尿も済ませ、湯を止めて身体を拭いた。

期待と興奮にペニスははち切れそうに勃起し、彼は腰にバスタオルを巻き、脱いだものを抱えて洗面所を出た。

すると窓のカーテンが閉められ、真希子がベッドに横になって待っていた。

もちろん真っ暗ではなく、隙間から昼間の日が射し、観察に支障はない。

すでに彼女は一糸まとわぬ姿になっており、目のやり場に困った。

肌は透けるように白く、思っていた以上の巨乳で、実に滑らかそうな熟れ肌をしていた。

「私は、浴びなくていい？　もう待ち切れないの」

「ええ、もちろんです」

言われて、彼は勢い込むように答えた。何しろソープでは、女性があまりに無臭だったから味気なかったのである。

彼も腰のバスタオルを外してベッドに上がった。

「いいわ、何でも好きなようにして……」

真希子も、すっかり興奮を高めたように囁き、身を投げ出してきた。

敏五は添い寝し、甘えるように腕枕してもらった。

同年代のソープ嬢などではなく、一回り以上の熟女に手ほどきを受けるのが敏五の夢で、今ようやく願いが叶《かな》うのだ。あとは、真希子に気に入られるように、早々と暴発しないよう気をつけるだけである。

腋の下に鼻を埋め込むと、そこはジットリと熱く湿り、しかも色っぽい腋毛が煙っているではないか。

（うわ、興奮する……！）

やはり未亡人になって以来、彼氏も作らずケアもせず、自然のままにしていたのだろう。

腋毛の隅々には甘ったるい汗の匂いが濃厚に籠もり、初めて得た生身の匂いに彼はうっとりと酔いしれた。

胸を満たしながら見ると、目の前で巨乳が息づいていた。

豊かな膨らみは、うっすらと静脈が透けるほど白く、乳首と乳輪は淡いミルクチョコの色をしていた。

充分に腋汗の匂いで鼻腔《びくう》を刺激されると、彼はそろそろと移動してチュッと乳首に吸い付き、舌で転がしながら顔中で巨乳の感触を味わった。

「アア……、いい気持ち……」

久々に愛撫されたらしい真希子が喘ぎ、うねうねと熟れ肌を悶えさせはじめた。

そして彼女が受け身体勢の仰向《あおむ》けになったので、敏五も自然に上からのしかかる形になり、左右の乳首を交互に含んで舐《な》め回した。

コリコリと硬くなった乳首を舌先で弾《はじ》くように愛撫するたび、真希子の息が熱く弾《はず》み、甘ったるい体臭が揺らめいた。

乳首と腋を充分に味わうと、彼は白く滑らかな肌を舐め下りてゆき、形良い臍《へそ》を探り、ピンと張り詰めた下腹にも顔を埋め込んで弾力を味わった。

そして豊満な腰のラインから、股間を後回しにして脚を舐め降りていった。

本当は早く割れ目を舐めたり嗅いだりしたいが、それだとすぐ入れたくなり、あっという間に済んでしまうだろう。

好きにして良いと言われたので、この際だから女体を隅々まで味わおうと思った。

適度に量感のある脚を舐め降りると、脛にもまばらな体毛があって実に艶めかしかった。まるで、昭和の時代の美女でも相手にしているようである。

足首まで下りて足裏に回り、踵《かかと》から土踏まずを舐め、形良く揃った足指に鼻を埋め込んで嗅ぐと、蒸れた匂いが濃く沁み付いて鼻腔が刺激された。

（ああ、美女の足の匂い……）

敏五は興奮と感激の中で思った。女性の足の匂いを嗅いだのは、高校時代に好きな子の上履きを誰もいない下駄箱で嗅いだ以来である。

彼はムレムレの匂いを貪《むさぼ》ってから爪先にしゃぶり付き、桜色の爪を舐め、全ての指の股にヌルッと舌を割り込ませ、汗と脂《あぶら》の湿り気を味わった。

「あう、ダメ、汚いわ……」

真希子が、驚いたようにビクリと反応し、生徒を叱るように言った。

あるいは彼女は、童貞に等しい敏五なら、すぐにも挿入してくると思い、それでシャワーは省略したのかも知れない。

しかし反対に、童貞に等しいからこそ女体の隅々まで味わいたいのだった。

そんな敏五の性癖が、この就職にあたり吉と出るか凶と出るかは分からず、とにかく彼は自身の淫気の赴くままに行動した。

それに好きにして良いと言った真希子が、本当にされるまま身を投げ出してくれているので、彼も気負いや緊張などシャイな部分も薄れ、好き勝手に愛撫することが出来たのだ。

やがて彼は両足とも、全ての指の股を貪り尽くし、ようやく顔を上げた。

「どうか、うつ伏せに」

言って足首を持つと、彼女も素直にゴロリと寝返りを打ってくれ、白く豊満な尻を見せて腹這いになった。

敏五は再び屈み込み、彼女の踵からアキレス腱、脹《ふく》ら脛《はぎ》から汗ばんだヒカガミ、張りのある太腿《ふともも》から豊かな尻の丸みを舌でたどっていった。

本当は谷間を舐めたいが、それもあとの楽しみだ。

腰から滑らかな背中を舐め上げていくと、ブラのホック痕《あと》は汗の味がした。

「アァッ……！」

背中も感じるようで、彼女は顔を伏せて喘いだ。

やがて肩までいって黒髪に鼻を埋め、甘い匂いを嗅いでから耳の裏側の湿り気も嗅ぎ、舌を這わせてから再び背中を舐め下りた。

たまに脇腹にも寄り道して柔肌を味わい、また豊かな尻に戻ってきた。

そしてうつ伏せのまま股を開かせ、真ん中に腹這い、魅惑的な尻に顔を迫らせた。

両の親指でムッチリと谷間を広げると、何やら巨大な肉マンでも二つに割るような感じだった。

奥には、薄桃色の可憐な蕾《つぼみ》がひっそり閉じられていた。

ソープではここまで見せてくれないし、というより受け身一辺倒で要求も出来なかったから彼はしげしげと目を凝らした。どうして末端の排泄孔が、こんなにも艶めかしいのだろうか。

細かな襞《ひだ》が、視線を恥じらうようにヒクヒクと息づき、彼は吸い寄せられるように谷間の蕾に鼻を埋め込んでいった。

顔中に弾力ある双丘が密着し、蕾に籠もる蒸れた匂いが悩ましく鼻腔を刺激してきた。彼は匂いを貪ってから、チロチロと舌を這わせて襞を濡らし、ヌルッと潜り込ませて滑らかな粘膜を探った。

「あう、ダメよ、そんなところ……！」

また真希子が驚いたように呻《うめ》き、キュッと肛門で舌先を締め付けてきた。

あるいは教員だった亡夫は、爪先や尻の谷間など舐めないタイプだったのかも知れない。

粘膜は微妙に甘苦い味覚があり、彼は舌を出し入れさせるように蠢《うごめ》かせた。

「も、もうダメよ、変な気持ち……」

すると真希子が言い、尻を庇《かば》うように再びゴロリと仰向けになってきた。

敏五も口を離し、彼女の片方の脚をくぐって股間に顔を寄せた。

白くムッチリと張りのある内腿を舐め上げ、熱気と湿り気の籠もる割れ目に迫って目を凝らした。

ふっくらした丘には黒々と艶《つや》のある恥毛が程よい範囲に煙り、肉づきが良く丸みを帯びた割れ目からは、ピンクの花びらが縦長のハート型にはみ出していた。

そっと指を当て、陰唇を左右に広げてみると、中の柔肉は驚くほど大量の蜜汁に潤っているではないか。

かつて由希が生まれ出てきた膣口は、花弁状に襞を入り組ませて息づき、ポツンとした小さな尿道口もはっきりと確認できた。

そして包皮の下からは、小指の先ほどもあるクリトリスが、真珠色の光沢を放ってツンと突き立っていた。

「アア……、そ、そんなに見ないで……」

彼の熱い視線と息を股間に感じ、真希子が声を震わせて、白い下腹をヒクヒク波打たせた。

もう堪《たま》らず、彼は顔を埋め込んでいった。

柔らかな茂みに鼻を擦りつけて嗅ぐと、隅々には蒸れた汗とオシッコの匂いが濃厚に籠もり、鼻腔が悩ましく刺激された。

これが、自然のままの美女の割れ目の匂いなのだ。

彼は感激の中でうっとりと胸を満たし、そろそろと舌を挿《さ》し入れていった。

ヌメリは淡い酸味を含み、膣口を掻《か》き回すとすぐにも舌の蠢きがヌラヌラと滑らかになった。

そして敏五は、味と匂いを貪りながら、ゆっくりと柔肉をたどり、クリトリスまで舐め上げていったのだった。

4

「アアッ……、い、いい気持ち……！」

真希子がビクッと仰《の》け反って喘ぎ、内腿でムッチリと敏五の両頬をきつく挟み付けてきた。彼ももがく腰を抱え込んで押さえ、チロチロとクリトリスを舐めては、新たにトロトロと溢れる愛液をすすった。

やはりクリトリスが最も感じるようで、この小さな突起が豊満な美熟女の全身を操《あやつ》っているみたいだった。

そして彼は、自分の未熟な愛撫で未亡人が、しかも一回り以上も年上の美熟女が感じてくれることが嬉しく、誇らしい気持ちにもなった。

敏五は、ネットで見たエロ動画を思い出しては愛撫を駆使し、執拗にクリトリスを舐め、吸い付きながら指を膣口に当て、ヌメリに合わせてゆっくり潜り込ませていった。

内壁は、実に心地よいヒダヒダがあって蠢き、彼は小刻みに指を動かして擦り、天井の膨らみ、Ｇスポットも探った。

「アア、いきそうよ、待って……」

すると真希子がビクッと身を起こして言うなり、彼の顔を股間から追い出しにかかった。やはり指と舌で果ててしまうのは惜しく、早く一つになって昇り詰めたいのだろう。

敏五も股間から這い出して横になると、入れ替わりに彼女が上になってきた。

彼を大股開きにして腹這うと、真希子は美しい顔を股間に迫らせた。

受け身に転じると、彼は興奮と羞恥に激しく胸が高鳴り、息が弾んだ。

彼女は敏五の両足を持ち上げると、尻の谷間に舌を這わせはじめた。

「アアッ……」

彼は股間を丸出しにし、チロチロと肛門を舐められて喘いだ。

亡夫とは互いに触れ合わない場所だったのではないかと思ったが、真希子は敏五からされたことをしてみたいのかも知れない。

生温かな唾液に肛門が濡れ、彼女の熱い鼻息が陰嚢《いんのう》をくすぐった。

そしてヌルッと潜り込んでくると、

「く……」

敏五は違和感に呻き、モグモグと味わうように美女の舌先を肛門で締め付けた。

中で舌が蠢くと、まるで内側から刺激されるように、勃起したペニスがヒクヒクと上下に震えた。

ようやく脚が下ろされると、彼女は舌を移動させ陰嚢を丁寧に舐め回し、二つの睾《こう》丸《がん》を転がして袋全体を生温かな唾液にまみれさせた。

ここもオナニーではいじらないが、実に心地よい場所であった。

さらに真希子が前進すると、肉棒の付け根から裏側を舐め上げてきた。

滑らかな舌が先端まで来ると、彼女はそっと幹に指を添え、粘液の滲《にじ》む尿道口をチロチロと舐め回してくれた。

敏五は、ソープ嬢よりも心のこもった愛撫にうっとりと力を抜いた。

さらに真希子は張り詰めた亀頭を舐め回し、丸く開いた口でスッポリと喉の奥まで呑み込んでいった。

「ああ……」

温かく濡れた美女の口腔に深々と含まれ、敏五は絶頂を迫らせて喘いだ。

思わず股間に目を遣《や》ると、真希子は上気した頬をすぼめて吸い付き、チラと彼を見上げた。その熱い眼差しは、早々と漏《も》らしたら許さないから、とでも言っているようだった。

そして彼女は熱い鼻息で恥毛をそよがせ、歯を当てぬよう幹をモグモグと締め付けて吸いながら、口の中ではクチュクチュと満遍なく舌をからめてくれた。

たちまち彼自身は美女の生温かな唾液にまみれて震え、ジワジワと絶頂を迫らせてしまった。

何しろ昨夜は初出勤に緊張し、オナニーもしていなかったのだ。

毎晩必ず二回三回と抜いてきたのに、一度も抜かない夜など初めてであった。

さらに真希子は、顔を小刻みに上下させ、濡れた唇でスポスポとリズミカルな摩擦を開始したのだ。

「い、いきそう……、どうか、もう……」

限界が近づくと、彼は思わず警告を発した。

すると同時に真希子もスポンと口を離してくれ、

「大丈夫？　入れるわ。私は上が好きなのだけど、いい？」

熱い息で股間から囁いてきた。

「え、ええ……」

暴発しないよう肛門を引き締めて答えると、彼女は身を起こして前進し、敏五の股間に跨《また》がってきた。

そして幹に指を添え、唾液に濡れた先端に割れ目を押し付けると位置を定め、素人童貞を味わうようにゆっくり腰を沈み込ませていった。

張り詰めた亀頭が潜り込むと、あとは潤いでヌルヌルッと滑らかに根元まで呑み込まれ、彼女も完全に座り込んでピッタリと股間を密着させた。

「アアッ……、いいわ、すごく……」

真希子が顔を仰け反らせて喘ぎ、巨乳を揺すって悶えた。

敏五も、とにかく暴発を堪えて必死に奥歯を嚙《か》み締めた。何しろソープはサックを装着したので、ナマ挿入は初めてのことだから、肉襞の摩擦も締め付けも、温《ぬく》もりも潤いも直にペニスに伝わってくるのである。

「ここ……、ここが好きなの……、アア……」

真希子が目を閉じて喘ぎ、執拗に腰を動かしては、膣内の天井の一点を集中的に彼の先端で擦った。

愛液の量が増し、収縮も活発になってきた。

やがて上体を起こしていられなくなったように真希子が身を重ね、彼の胸に巨乳が押し付けられて心地よく弾んだ。

敏五も、夢中で下から両手を回してしがみついた。

「両膝を立てて。動くから抜けないように……」

真希子が囁き、敏五も両膝を立てて豊満な尻を支えた。

すると上から真希子が顔を寄せ、ピッタリと唇を重ねてきた。

柔らかく、ほんのり濡れた唇が密着し、熱い鼻息に彼の鼻腔が湿り、淡い化粧の香りが感じられた。

触れ合ったまま唇が開かれ、彼女の舌が侵入してきた。

敏五も歯を開いて受け入れると、真希子の長い舌がヌラヌラと艶めかしくからみついてきた。

生温かな唾液に濡れて蠢く舌が何とも美味《おい》しく、彼は思わず小刻みにズンズンと股間を突き上げはじめてしまった。

「アア……、いい……！」

真希子が口を離し、淫らに唾液の糸を引いて喘いだ。彼女の鼻から洩《も》れる息にあまり匂いはなかったが、口から吐き出される熱気は湿り気を含み、白粉《おしろい》のような甘い刺激が含まれていた。

敏五は美熟女のかぐわしい吐息に鼻腔を掻き回され、うっとりと胸を満たしながら突き上げを強めていった。

トロトロと大量に溢れる愛液が陰嚢の脇を伝い流れ、彼の肛門の方まで生温かく濡らしてきた。

動きに合わせてピチャクチャと淫らな摩擦音が聞こえ、収縮が増してきた。

「い、いきそう……」

「もう少し待って……、アア、そこ突いて、強く何度も……」

彼が降参しかけると真希子が息を震わせて答え、また執拗に膣内の一点を先端に擦り付けてきた。

そしていよいよ彼が限界に達すると同時に、

「い、いっちゃう……、アアーッ……!」

真希子が声を上ずらせて喘ぎ、ガクガクと狂おしいオルガスムスの痙攣《けいれん》を開始したのだった。彼も収縮に巻き込まれるように、ひとたまりもなく激しく昇り詰めてしまった。

「く……!」

突き上がる大きな絶頂の快感に呻き、熱い大量のザーメンをドクンドクンと勢いよく内部にほとばしらせると、

「あう、もっと出して……、何ていい気持ち……」

深い部分に噴出の直撃を受け、駄目押しの快感を得たように真希子が口走り、飲み込むように膣内をキュッキュッと締め上げてきた。

敏五は心ゆくまで快感を味わい、最後の一滴まで出し尽くしていった。

すっかり満足しながら徐々に突き上げを弱めていくと、

「アア……、良かったわ……」

真希子も熟れ肌の硬直を解きながら言い、グッタリともたれかかってきた。

彼は美熟女の重みと温もりを受け止め、まだ名残惜しげに続く収縮に刺激され、射精直後の幹を内部でヒクヒクと過敏に跳ね上げた。

「あう、もう動かないで……」

真希子も敏感になっているように呻き、幹の震えを押さえつけるようにキュッときつく締め上げた。敏五は彼女のかぐわしい吐息を嗅いで胸を満たしながら、うっとりと快感の余韻に浸り込んでいったのだった。

5

「みんな気に入ったようだわ。すぐ越してきて構わないので」

順々にシャワーを浴び、身繕《みづくろ》いをした真希子がスマホを見て敏五に言った。

「じゃ、正社員で……？」

敏五は驚いて言った。まだ何もしていないのだが、どうやら真希子とのセックスは合格だったらしい。

そして姫乃と美沙も、真希子が良いなら異存はないとでも一階からラインが入ったのだろう。

「ええ、アパートの方は大丈夫かしら」

真希子が言うが、彼は服を着てもまだ目眩《めくるめ》く快感の余韻から覚めず、心身がぼうっとしたままだった。彼女の方は、スーツ姿に戻って落ち着いた雰囲気に戻っている。

「大丈夫です。実は学生時代から八年近く住んでいるし、早く全部出ていってもらって取り壊ししたいようですから」

彼は答えた。

国分寺の古いアパートは、もう築五十年以上で、一階と二階で六所帯あるが、みな出てゆき、残るは敏五ともう一人だけなのである。だからすぐ出る分には、大家にとって願ってもないだろう。

「そう。じゃ、とにかく五階の部屋へ案内するわ」

真希子が立ち上がり、二人で三階の彼女の部屋を出た。そしてエレベーターで最上階の五階まで上がる。

左は先輩である朱里の部屋で、右が敏五の部屋のようだ。右のドアを開けて入ると、そこも弧を描く広いワンルームだった。

ベッドにデスク、テレビに冷蔵庫、電子レンジに乾燥機付き洗濯機、クローゼットに内線電話など全てが揃っており、ウイークリーマンションのようだ。

「古い家具は持ってこず、大家さんに処分してもらいなさい」

「分かりました」

彼女からキイを受け取り、敏五は答えた。キイはこの部屋のものと、一階の裏口のものらしい。

「プライベートは関知しないので、休日なら友人を招くのも泊めるのもOKよ。じゃ、あとで誰かに車を出させるので、今日のうちに荷物を持ってくるといいわ」

「本当に、何から何まで有難《ありがと》うございます」

「ええ、そしてもしここを辞めることがあっても、次の住まいの手配ぐらいしてあげるわ。自分の人生だから誰にも遠慮なくね」

「分かりました」

敏五は感謝を込め、素人童貞を捨てさせてくれた女神に頭を下げた。

そして二人で一階まで下りると、由希が敏五の新品の名刺をくれた。

「うわ、もう出来たの……」

百枚入りの箱をもらい、見ると星形マークの刻印に「ペグハウス　土方敏五」とあり、ここの住所と電話にファックス番号、彼の携帯番号まで印刷されていた。

「ええ、じゃアパートへ行きましょう。車はそこ」

手際よく由希が言い、敏五は真希子に一礼して美少女と一緒にビルを出た。

若葉マークのある白い軽自動車の運転席に由希が乗り、彼は助手席に乗り込んでシートベルトを締めた。

由希は彼に聞いてアパートの住所をナビに入れ、すぐにもスタートした。

軽やかなハンドルさばきで、免許取り立てという心配もすぐに吹き飛んだ。

「ママからいろいろ聞いたと思うけど」

運転しながら由希が言う。

社を出れば、社長でなくママと呼ぶらしい。もちろん三階で、彼と母親が濃厚なセックスをしたなど夢にも思っていないだろう。

「うん、驚いた。由希さんみたいに若い子が未亡人だなんて」

「ええ、五歳上で学生起業家だった夫は半年前に突然死で。ずいぶん忙しくて無理していたから」

由希が答える。まだ十八歳という彼女は、春に短大に入ってすぐに結婚、そして中退して、夫の死後は母親と仕事を始めたらしい。

それこそセーラー服を着ても似合いそうな美少女が、すでに未亡人というのは何とも驚きであった。

大通りに出ても由希の運転は乱れることなく、ナビの案内で国分寺に入り、まずはレストランに入って昼食にした。

「ママからもらっているから何でも」

言われて、敏五は減量しないといけないのに滅多に食えないカツカレーを頼み、由希はパスタだった。

食事中も、彼は社のことをいろいろ聞いたが、何しろまだ出来たての会社なので、多くの客は来ず、由希も多くの情報は持っていなかった。

とにかく美少女と差し向かいの食事など生まれて初めてで、敏五は緊張で喉に詰めないよう気をつけながら食事を終えた。

また車に乗り込むと、由希は裏通りの住宅街にあるアパートの前に停めた。

一階の隅の部屋を開けて入り、彼は由希を待たせて裏にある大家の家を訪ねた。今日にも出る旨を伝えると、大家の小母《おば》さんは満面の笑みになった。残る一人も、月末に出る予定になったらしいのだ。

敏五は鍵《かぎ》を返し、敷金の余りで不要物の処分を頼み、足りない金額があれば連絡くれるよう、新品の名刺を渡しておいた。

そして由希の待つ部屋に入った。

六畳一間に二畳ほどの台所、あとはバストイレと押し入れで、小型冷蔵庫と外の通路に古い洗濯機、机にパソコン、横に本棚があるだけ。

テレビやレンジはなく、食事はほとんどインスタントものか、バイト先の居酒屋でもらった食材で自炊していた。

あとは小さなテーブルと、所狭しと万年床が敷かれているだけだった。

敏五は、大きめのバッグにノートパソコンと必要な本や辞書を数冊、保険証や通帳や印鑑を入れ、いくつかの紙袋にはまだ使える着替えや洗面用具、買い置きの袋麺や缶詰、未使用のトイレットペーパーやティッシュ、サンダルや折り畳み傘などを詰め込んだ。

それらを由希が甲斐甲斐しく運び、車の後部シートに入れに行った。

「車はそこのパーキングに入れておいたわ。名残惜しいでしょうから、慌ただしくすることはないです。社へは夕方までに戻れば良いので」

由希が言い、彼も気遣いに頭を下げた。

「有難う。なんたって八年も住んだからね」

「青春が詰まってるんですね」

由希も室内を見回して言うが、ほとんどはオナニーするだけの部屋であり、こうして女性が入ったことなど後にも先にもこの一回だけだった。

まあ最後の日に美少女が来てくれたので、ここでの暮らしの締めくくりに悔いはなかった。

あとは、古い布団も机も椅子も、テーブルも冷蔵庫も洗濯機も、全て処分してもらえば良いだろう。

実家を出てから八年間の一人暮らしも、軽自動車の後部シートに納まる分の荷物しかないのは寂しい限りであった。

「何だか、昭和の時代って知らないけど、こんな感じなんでしょうね」

由希が万年床に腰を下ろして言う。

「ああ、僕だって平成生まれなんだけど、アパートが築五十年だから、彼女のいない男の一人暮らしなんて、こんなものだったと思う」

敏五は答え、空になった冷蔵庫のコンセントを抜き、机の引き出しも開けて確認したが、見事に新生活に必要なものなど入っていなかった。

それよりも彼は、美少女と二人きりで胸がモヤモヤしてきてしまった。

女の子とはすごいもので、室内にいるだけで、八年間の男臭さなどより、艶めかしく甘ったるい匂いが立ち籠めはじめているのである。

もちろん、さっき体験させてもらった真希子の一人娘なのだから、そうそう淫気を向けるわけにもいかない。正社員になった途端にクビになったら笑うに笑えないではないか。

しかし日に三回も抜いている彼にとって、真希子との一回は、気が済むというよりさらなる淫気を湧き起こしてしまった。

すると何と、由希の方から誘ってきたのである。

「ね、ここでエッチしませんか……」

モジモジと言うので見ると、笑窪の浮かぶ頰がほんのり染まっている。

「うわ、いいの……？」

敏五が驚いて訊くと、由希がこっくりするなり立ち上がり、ドアを内側からロックしてしまった。

(何という幸運だろう。同じ日に母と娘となんて……)

敏五は舞い上がり、激しく勃起してきた。

由希も、年中母親と一緒の建物で仕事と寝起きをし、久々にこうして外に出たので開放的になっているのかも知れない。

それに夫を喪《うしな》って半年、それなりに欲求も溜まっているのだろうと彼は思った。

第二章　美少女は果実の匂い

1

「じゃ、とにかく脱ごうね、全部」

敏五は言い、自分は洗面所に行って慌てて水で口だけすすいだ。カツカレーのあと水は飲んだが念のためだ。

ただ、トイレはレストランの出がけに済ませておいたし、真希子としたあとシャワーも浴びたので他は大丈夫だろう。

部屋へ戻ると、ためらいなく由希は服を脱ぎ、見る見る肌を露わにしていた。

「あの、シャワー借りたいのですけど……」

半裸になった由希がモジモジと言った。

「ううん、今のままがいいんだ。どうかお願い」

「ゆうべお風呂に入ったきりだけど……」

「うん、待てないのでどうか我慢してね。済んだら浴びて良いので」

言うと、由希も最初の勢いのまま再び脱ぎはじめた。あるいは由希も彼女の母親と同様、彼がすぐ挿入してくるとでも思ったのかも知れない。

そして敏五も脱ぎながら、少し心配になって訊いた。

「あ、あの、コンドーム持っていないのだけど……」

真希子の場合はリードしてくれる年上だったから中出ししたが、やはり未亡人とはいえ十八歳の美少女なので気になったのである。

「大丈夫です。ピル飲んでいるので……」

由希が可憐な声で答えた。避妊のためというより、亡夫と出逢った頃から生理不順解消のため服用していたという。

それならと彼も安心し、たちまち全裸になって馴染んだ万年床に仰向けになった。

まさか、またここに寝て、見慣れた天井を見上げるとは思わなかったものだ。

そして最後の日に美少女と出来るなら、この八年間の全てが充実した思い出になるような気がした。

由希も、甘い匂いで室内に籠もる空気を揺らがせながら、とうとう最後の一枚を脱ぎ去ってしまった。

背を向けているので、脱ぐときこちらに形良い若尻が突き出され、彼は最大限に勃起した。

「ああ、ドキドキするわ……」

全裸で向き直り、由希が胸を隠しながら近づいてきた。

恐らく彼女は、亡夫しか男を知らない感じである。しかも起業家なら優秀で忙しく、そんなに執拗なセックスなどしてこなかったのではないか。

それでも由希は、それなりに挿入による快感には目覚めているだろう。

むしろ目覚めた途端に夫に死なれ、この半年間は悶々としていたに違いない。

やがて由希が横たわったので、彼は入れ替わりに身を起こし、投げ出された美少女の肢体を見下ろした。

息づく乳房は形良く、やがて真希子のように豊かになる兆《きざ》しを見せていたが、さすがに乳首と乳輪は初々《ういうい》しい桜色をしていた。

愛らしい縦長の臍のある白い腹がヒクヒクと震え、意外に丸みを帯びた腰から、健康的な脚がニョッキリと伸びていた。

そして今まで服の内に籠もっていた熱気が、甘ったるい匂いを含んで漂っていた。

彼は、真希子にしたとは逆のルートで味わってみようと、座ったまま彼女の爪先に屈み込んでいった。

足首を握って押さえ、指の股に鼻を割り込ませて嗅ぎながら、足裏に舌を這わせはじめた。

「あう、どうしてそんなところを……」

由希が驚いて呻き、クネクネと腰をよじらせた。

やはり亡夫は、足裏など舐めない男だったようだ。あまり嫌がることをすると母親の真希子に言いつけられるかも知れないが、由希は口で言うほどではなく、身体の方は全く拒んでいない感じである。

可憐な指の股は、やはり汗と脂に湿り、ムレムレの匂いが濃く沁み付いていた。

敏五は、真希子よりずっと小さな足裏を舐め回し、爪先にしゃぶり付いて順々に指の間に舌を挿し入れて味わった。

「アアッ……、ダメ、汚いのに……」

由希は、母親と似た反応を示しながら、くすぐったそうに身悶えていた。

やがて彼は、両足とも全ての指の股の味と匂いを貪り尽くした。

彼女は羞恥とくすぐったい違和感に激しく息を弾ませ、放心したように身を投げ出していた。

その両脚を全開にさせ、敏五は腹這いになって脚の内側を舐め上げていった。

内腿は、真希子のような柔らかな張りではなく、むしろ硬い弾力が感じられた。

それだけまだ身が引き締まっているのか、彼は内腿を強く嚙みたい衝動に駆られながら感触を味わい、股間に迫っていった。

ぷっくりした丘には、楚々とした若草がほんのひとつまみ恥ずかしげに煙り、丸みを帯びた割れ目の縦線からは、僅かに薄桃色の花びらがはみ出していた。

小振りの陰唇に指を当てて左右に広げると、やはり中は清らかな蜜が溢れんばかりになっていた。

蜜が多いのは母親譲りらしい。

濡れた膣口は息づくような収縮が繰り返され、包皮の下からは小粒のクリトリスが光沢を放って顔を覗かせていた。

もう堪らず、敏五は顔を埋め込み、柔らかな若草に鼻を擦りつけて嗅いだ。

隅々には蒸れた汗とオシッコの匂いが生ぬるく籠もり、それにほのかなチーズ臭は若い娘の恥垢《ちこう》臭であろうか、それも悩ましく混じって鼻腔を刺激してきた。

「いい匂い」

嗅ぎながら思わず言うと、由希がビクリと反応して声を洩らし、内腿でキュッときつく彼の顔を挟み付けてきた。

「あん……！」

敏五は腰を抱えながら美少女の匂いを貪り、そろそろと舌を挿し入れていった。

陰唇の内側を舐め、息づく膣口の襞をクチュクチュ掻き回すと、やはりヌメリは淡い酸味を含んで舌の動きを滑らかにさせた。

柔肉をたどってクリトリスまで舐め上げると、

「アアッ……！」

由希が激しく喘ぎ、身を反らせて内腿に力を入れた。

彼はヒクヒク波打つ下腹と、乳房の間から見える仰け反る顔を見ながらチロチロと舌を蠢かせ、味と匂いを堪能した。

潤いは増し、膣口の収縮も活発になってきた。

さらに彼は由希の両脚を浮かせ、オシメでも替えるような格好にさせると、大きな白桃のような尻に迫った。

谷間の蕾は、やはり薄桃色で可憐に襞を震わせていた。

鼻を埋めて嗅ぐと、微かに蒸れた匂いが感じられ、舌を這わせてヌルッと潜り込ませると、

「あう、ダメ……！」

由希は浮かせた脚を震わせて呻き、キュッと肛門で舌先を締め付けてきた。

敏五は舌を蠢かせ、滑らかな粘膜を執拗に味わってから、ようやく脚を下ろして再びヌメリを舐め取り、クリトリスに吸い付いた。

ネットで覚えた知識だが、クリトリスを舐めるときはあれこれ動きを変えず、一定のリズムを繰り返すのが良いということで、彼は舌先を時計回りに動かし続けた。

リズムを変えると、女性の高まりがリセットされてしまうものらしい。

だから同じ動きを延々と繰り返すと、

「い、いっちゃう……、アアーッ……！」

たちまち由希は声を上げ、ガクガクと痙攣を起こして昇り詰めてしまった。

やはり真希子のように途中で拒まなかったので、舌のリズムでオルガスムスに達してしまったようだ。

「も、もうやめて……」

由希が口走り、ようやく彼もクリトリスから舌を離し、大洪水になっている蜜をす

すった。

「ああ……」

由希はグッタリと身を投げ出して喘ぎ、彼は身を起こして股間を進めた。

そして彼女の両脚を浮かせ、濡れた割れ目に先端を擦り付け、膣口に狙いを定めると、ゆっくり挿入していった。

「あう……」

ヌルヌルッと根元まで押し込むと、由希がまた呻き、キュッときつく締め付けてきた。さすがに真希子よりも締まりが良く、中は熱いほどの温もりが満ち、濡れた柔肉が吸い付いてきた。

股間を密着させ、脚を伸ばして身を重ねると、まだ動かずに彼は屈み込んで、桜色の乳首に吸い付いた。舐め回しながら顔中を膨らみに押し付けると、思春期の弾力が跳ね返ってくるようだ。

左右の乳首を充分に舐めてから、彼女の腕を差し上げてスベスベの腋の下に鼻を埋めると、生ぬるく湿ったそこには何とも甘ったるい汗の匂いが、可愛らしく濃厚にこもっていた。

「く……」

腋の下を舐めると、由希がくすぐったそうに呻いて身をよじらせた。

敏五は、徐々に腰を突き動かしはじめ、何とも心地よい締め付けと肉襞の摩擦を味わった。

しかし、まだしてみたいことがあるので絶頂は求めず、彼は少し動いただけでヌルッと引き抜いてしまった。

「あう、やめないで……」

快楽を中断され、由希が言った。

やはり舌で果てるのと挿入は、全く別物の快感のようだった。

2

「ね、バスルームでオシッコ出せる?」

囁くと、由希が驚いたように目を開いて敏五を見上げた。

「ど、どうして……」

「天使みたいに可愛い子が、出すところを見てみたいんだ。少しでいいから」

彼は言って、力が抜けそうになっている由希を支えて起き上がらせた。

そして立ち上がり、愛液に濡れて勃起したペニスをそのままに、敏五は彼女と一緒にバスルームに入った。

まだ湯は出さず、彼は床に座って由希を目の前に立たせた。そして片方の足を浮かせてバスタブのふちに乗せ、開いた股間に顔を埋めた。

「出るとき言ってね」

恥毛に籠もる匂いを嗅ぎながら言うと、由希は朦朧《もうろう》としながらも、下腹に力を入れて尿意を高めはじめてくれたようだ。羞恥や抵抗感よりも、早く布団に戻って挿入してほしいのかも知れない。

舐めていると、次第に柔肉の奥が迫《せ》り出すように盛り上がり、味と温もりが変化してきた。

「あう、出そう、離れて下さい……、アア……！」

由希が息を詰めて言うなり、チョロチョロと熱い流れがほとばしってきた。

敏五は、以前から妄想していたことを実現させ、感激と興奮に満たされながら流れを舌に受けた。

味も匂いも淡く、抵抗なく喉に流し込むことが出来た。それでも勢いが増すと、口から溢れた分が温かく肌を伝い、勃起したペニスが心地よく浸された。

「ああ……、ダメです、こんなこと……」

由希は声を震わせて言ったが、逆にフラつく身体を支えるように、両手で股間にある彼の頭に摑《つか》まっていた。

そして流れがピークを越えると、急に勢いが衰え、間もなく流れは治まってしまった。敏五は残り香の中、滴《したた》る余りの雫《しずく》をすすり、割れ目内部を舐め回した。

「アアッ……！」

感じた由希が喘ぎ、ガクガクと膝を震わせた。たちまち新たな愛液が溢れて舌の動きが滑らかになり、残尿が洗い流されて割れ目内部には淡い酸味のヌメリが満ちていった。

ようやく顔を離すと、由希は足を下ろして力尽き、クタクタと椅子に座り込んでしまった。

彼もシャワーの湯を出して自分の身体だけ流し、立ち上がって身体を拭いた。

「潤いまで落ちてしまうから、浴びるのはあとにした方がいいね」

由希にはそう言い、バスルームを出るとすぐに布団に戻った。

敏五は仰向けになり、

「入れる前に唾《つば》で濡らして」

言うと由希も、屈み込んで先端に舌を這わせはじめてくれた。張り詰めた亀頭をしゃぶり、深々と含んでは股間に熱い息を籠もらせ、たっぷりと肉棒全体を清らかな唾液にまみれさせた。

もちろん口で果てさせるつもりはなく、早く入れたいようで、すぐに由希はチュパッと軽やかな音を立てて口を離した。

「上から跨いで」

真希子との体験で、すっかり女上位が好きになった敏五が言うと、由希もすぐに身を起こして前進し、彼の股間に跨がってきた。

自ら指で陰唇を広げ、先端を膣口にあてがうと、由希は息を詰めて腰を沈め、ゆっくり受け入れていった。

屹立《きつりつ》したペニスがヌルヌルッと肉襞の摩擦を受け、根元まで呑み込まれた。

「あう……」

由希が目を閉じて顔を上げ、ぺたりと座り込んで呻いた。

自分の重みがあるから、正常位よりも密着感が強いのだろう。

敏五も温もりと感触を味わい、息づくような収縮の中で高まっていった。

そして両手を伸ばして抱き寄せると、彼女も素直に身を重ねてきた。

両手を回して抱き留め、両膝を立てて尻を支え、下から唇を求めると由希も上からピッタリと重ねてくれた。

ぷっくりした美少女の唇はグミ感覚の弾力を持ち、彼は舌を挿し入れて滑らかな歯並びを左右にたどった。すると彼女も歯を開いて舌を触れ合わせ、チロチロと蠢かせてきた。

生温かく清らかな唾液に濡れた舌は、嚙み切ってしまいたいほど美味しくて柔らかだった。しかも彼女が下向きなので、トロリと唾液が滴ってきた。

「もっと唾を出して。うんと飲みたい……」

唇を触れ合わせたまま囁くと、彼女も懸命に分泌させ、口移しにクチュッと吐き出してくれた。生温かく小泡の多いシロップを味わい、喉を潤すと胸いっぱいに甘美な悦《よろこ》びが広がった。

そして興奮に任せてズンズンと股間を突き上げはじめると、

「アアッ……、いい気持ち……」

由希が口を離して熱く喘ぎ、合わせて腰を遣《つか》いはじめた。

美少女の口から吐き出される息は熱く湿り気があり、リンゴかイチゴでも食べた直後のように甘酸っぱく可愛らしい芳香が含まれ、彼は嗅ぐたびに悩ましく鼻腔を掻き回された。

「ああ、いい匂い……」

嗅ぎながら突き上げを強めていくと、

「本当ですか、お昼のあと歯磨きしていないのに……」

由希が羞《は》じらいながら囁いた。

「うん、下の歯を僕の鼻の下に引っかけて」

せがみながら由希の口に鼻を押し込むと、彼女も素直に下の歯並びを彼の鼻の下に当ててくれた。敏五は美少女の口の中の熱気を胸いっぱいに嗅ぐと、甘酸っぱい果実臭に混じり、ほんのりとパスタのガーリック臭も混じり、それがギャップ萌《も》えのように彼を高まらせた。

天使のような美少女でも、不意を突けば刺激臭が混じることもあるのだ。

「しゃぶって……」

言いながら激しく動くと、彼女も熱く喘ぎながら舌を這わせ、惜しみなく息を吐き出しながらヌラヌラと彼の鼻の穴を舐め回してくれた。

敏五は、美少女の唾液のヌメリと吐息の匂いに高まり、とうとう激しく昇り詰めてしまった。

「い、いく……！」

彼は溶けてしまいそうな快感に口走り、匂いと摩擦の中でありったけの熱いザーメンをドクンドクンと勢いよくほとばしらせてしまった。

すると、奥深い部分に噴出を受けた由希も、その刺激でオルガスムスのスイッチが入ったようだった。

「あ、熱いわ……、いい気持ち……、アアーッ……！」

声を上げながらガクガクと狂おしい痙攣を繰り返し、彼自身を締め上げた。

敏五は快感を嚙み締め、心置きなく最後の一滴まで出し尽くしていった。

すっかり満足しながら突き上げを弱めていくと、

「ああ……」

由希も声を洩らし、力尽きたように肌の強《こわ》ばりを解き、グッタリと力を抜いて遠慮なく体重を預けてきた。

彼は重みと温もりの中、まだキュッキュッと締まる膣内でヒクヒクと過敏に幹を震わせ、甘酸っぱい息を嗅ぎながら、うっとりと余韻を味わったのだった。

「こんなに感じたの、初めてです……」

由希が荒い息遣いを繰り返しながら言った。

「そう、良かった」

「しばらく乗ったままでいいですか」

「いいよ、好きなだけ上にいて」

そう返すと、由希はもたれかかりながら何度となく彼の頬や首筋にチュッチュッと唇を押し付けてきた。

これもネット情報だが、済んでさっさと離れる男は嫌われ、むしろ女は済んだあとも長く触れ合いイチャイチャしていたいということだった。

余韻の中で何度も幹をピクンと上下させると、

「あう、感じる……」

そのたびに由希が反応していたが、徐々に荒い呼吸を整えていった。

そして愛液とザーメンにまみれたペニスが、満足げに萎《な》えていくと、自然にヌルッと抜け落ちてしまった。

「あん、抜けちゃったわ……」

由希が言い、そこでようやく満足したように股間を引き離していったのだった。

彼女が先にバスルームへ行って、今度こそ念入りにシャワーを浴び、出てくると敏五も入れ替わりに入って身体を流した。

そして二人で身繕いをすると、彼はまた大家の家を訪ねた。

「じゃ必要なものは持っていくので、残っているものは済みませんが処分をお願いします」

そう言い、鍵を返して由希の車に乗り込み、感慨を込めてアパートを見た。最後の最後で、自分の部屋で美少女とセックスできたことが何より嬉しかった。

やがて由希は車をスタートさせ、日が傾く頃にペグハウスに戻ったのだった。

3

「お手伝いしましょう」

車を降りると、力のありそうな美沙が出てきて、重い紙袋を二つ持ってくれた。

敏五は大きなバッグと余りの荷物を持ち、中に入ると由希は真希子に報告してから受付に戻った。

美沙と二人、エレベーターで五階まで上がり、彼は自分の部屋に入った。

「一階違うだけで景色が変わるわね」

普段は四階に住んでいる美沙は、滅多に上まで来ないように窓の外を見て言った。

「有難うございました。片付けは自分でゆっくりしますので」

「ええ、じゃ下りるわね。夕食は大丈夫？」

「はい、持って来たもので適当に済ませますので」

敏五が答えると、美沙はすぐに下りていった。

着替えなど荷物の大部分はクローゼットに入れ、僅かな食器はキッチン、袋麺や缶詰は冷蔵庫の上、そしてノートパソコンをデスクに置いた。

引っ越しも片付けも、あっという間に済んだ。

そして二階に下りて真希子に報告をし、それで一階の業務も終わる時間になったのか、各部屋から出てきた女性たちも自室に引き上げていった。

あとは自炊にしろ外食にしろ、各自の自由らしい。

敏五も五階に戻ろうとすると、そのとき同じフロアの朱里が一緒にエレベーターに乗ってきた。

「正社員になれたようね。良かったわ」

「ええ、朱里先輩のおかげです。ちょっと屋上に行ってみたいのだけど」

「いいわ、行きましょう」

メガネ美女の朱里が答え、屋上までエレベーターはないので、二人の部屋のある五階でいったん降りた。

あとは螺旋階段で屋上に出て、ロックを外して外に出た。

屋上は、エレベーターホールはないが階段を覆うペントハウスがあり、その上は給水ポンプや室外機などがあった。

周囲には鉄柵が丸く張り巡らされ、三百六十度の景色が広がっていた。

真下を見ると、一階の五角形をした五部屋のトンガリが星形に張り出している。

正に頭が五角形をした釘らしく、先端を上に向けて立っているようだ。

敏五は暮れなずむ夕陽を眺め、点《つ》きはじめた街々の灯りを見回した。

「わあ、いい景色だな……」

「ええ、星の観察にもちょうどいいのよ。由希ちゃんは星占いだし」

朱里が言う。長い黒髪がなびき、風下にいると甘い匂いが感じられた。

「先輩も未亡人だったんですね。噂で、結婚したままでは何となく知っていたのだけど」

「そう、夫は十歳上の国文学者だったけど、二年前に膀胱ガンで」

朱里が言ったとき、彼女のスマホが鳴った。ポケットから出して耳に当て、少し話してからすぐに切った。

「社長からよ。もしまだ夕食の仕度をしていないのなら、これからみんなで外へ出ないかって。敏五君の歓迎会に」

「それは嬉しいです」

「じゃ出ましょう」

言われて五階に下りると、二人はエレベーターで一階まで行った。

皆も揃っていて、車ではなく徒歩で敷地を出た。

するとものの十分も歩かないうち、瀟洒《しょうしゃ》な料亭があり、真希子が予約していたらしく、奥の離れへ通された。

掘りごたつ式のテーブルに六人で適当に座り、まずはビールで乾杯した。

敏五は普段あまり酒を飲まなかった。もちろん友人たちと会うときは少しぐらい飲むのだが、ただ金がないので習慣になっていなかったのだ。

そして唯一の未成年である由希は、烏龍茶だった。

「入社お目出度う」

真希子が言ってグラスを上げると、他の四人の未亡人たちも口々に歓迎してくれ、彼は皆に頭を下げながらビールを飲み干した。

それにしても、見事に美女の未亡人が揃ったものだった。

のである。

彼女らは、高校時代に教師だった真希子を慕い、こうして同じ境遇で集まってきた
真希子の面倒見が良いのか、みな保険金で潤っているのか誰も裕福そうである。

そして自己紹介がてら、初対面だった美沙や姫乃が亡夫のことを語ってくれた。

アスリートである美沙の夫は三歳上のボディビルダーで、極度の食事制限で一年前に過労死してしまったらしい。

「ナルシーだったから、もう何の食事も受け付けずに過酷な身体改造だけに専念していたの。いくら泣いて頼んでも食事してくれなかった」

美沙が言う。明るく活発そうだが、そんな話をするときだけは寂しげだった。

最も不思議な雰囲気のあるカード占いの姫乃は、やはり三歳上の夫を五年前に亡くしていた。

「夫は工芸家だったの」

隣に座っていた姫乃が敏五に言う。

「へえ、どんなものを作っていたんですか」

「カレイドスコープを作って、中に私の毛を入れて覗いて、これが本当のマン毛鏡とか言っていたわ」

「はあ……」

姫乃が無表情に言うので、笑いどころかどうか分からず彼は曖昧に答えた。

「私を改造するのも好きだったわ。ほら」

姫乃が顔を向けて言い、舌を出した。その先端が二つに分かれていたので、美しい蛇女のようだ。

「うわ……」

敏五は驚き、こんな舌で舐められたら、どんな快感だろうと思い股間が熱くなってしまった。結局、姫乃の夫はアル中で入院し、衰弱死したらしい。

みな事情も年齢も違うが、やはり最も驚くのは、まだ十八の由希が未亡人ということだろう。

由希は、二十五歳の敏五より唯一年下の女性だ。

大学の先輩である朱里は二十九、美沙が三十二、姫乃が三十五、最年長の真希子が三十九歳だから、どちらにしろ誰もが若後家であった。そして子持ちは真希子だけだ。

やがて和食料理をつまみながら、ビールから焼酎のボトルに切り替え、由希以外は思い思いのもので割って飲み、敏五はウーロン割りにした。

しかし姫乃だけは赤ワインも頼んでいた。

敏五もほろ酔いになり、向かいにいる真希子と由希をチラと見て、この美しい母娘としたんだと思うと幸福感で胸がいっぱいになった。

「五というのは、悟りに通じるの。そして数も、正の字で表す五進法」

やはりほろ酔いに頬を染めた真希子が、元教師らしく講義をしていた。

「エッチの回数も、正の字で表すことがあるわね」

姫乃とは反対隣の美沙が敏五に囁き、ほんのり甘い吐息が感じられた。

「六曜という家紋は、真ん中の○を、五つの○が囲んでいるの。敏五さんが、その真ん中になって五人を支えてくれると嬉しいわ」

真希子の講義が続き、五人が一斉に彼を見た。

「そんな、僕は何の取り柄もないダサ男ですので」

敏五は、みなの視線を眩《まぶ》しく感じながら言った。

すると向かいの由希が言う。

「敏五さんは、山羊座のB型。魚座でBの私とは相性がいいわ」

「そ、そうなの。他の人たちは？」

訊くと、全て由希が教えてくれた。

真希子は牡牛座のO型、姫乃は蠍座のA、美沙は蟹座O、朱里は乙女座Aだった。

「見事に全員が地と水のサインね。雨降って地固まる。ＡＢ型はいないのね」

真希子が言う。

「火や風のサインでＡＢ型の客が来たらやりにくいんですかね」

「そんなのは心意気で大丈夫よ」

敏五が口にすると、隣の美沙が力強いガッツポーズをして言った。

やがて焼酎のボトルが空になり、あらかた料理も片付いたので、真希子が会計を済ませてお開きとなった。

みなで外に出ると、火照《ほて》った頬に師走《しわす》の冷たい風が心地よかった。

そして歩いていると、夜空に聳えるペグハウスが見えてきた。

敏五は建物を見ながら感慨に耽《ふけ》った。

（今日から新生活なんだな……）

もう居酒屋のバイトをしなくてもいいし、焦って就職口を探さなくても良い。休日には持ち込みの小説原稿も書けるだろうし、あとは問題なく皆と上手くやっていけば良いだけである。

明日にでも、名刺を同封して実家に報告の手紙を書こうと思った。

そして建物に入ると、皆それぞれの部屋に戻っていったのだった。

4

いる。

「私の部屋に来ない？」

五階まで上がると、朱里が言った。

まだ時間も早いので、敏五は招かれるまま朱里の部屋に入った。

彼の部屋とは左右対称の扇形の部屋で、ほのかに甘い匂いが立ち籠めていた。

ただ蔵書は多く揃い、彼女の専門である日本史や古代史、そして占術の本が並んで

「嬉しいわ。今まで五階は私だけだったから」

朱里が言ってベッドに腰掛け、メガネをそっと押し上げた。

「でも、どうして僕なんかをいきなり正社員にしてくれたんでしょう」

「真希子先生は、相当に霊感や直感の強い人だから、理屈でなく良い人だと太鼓判を押したのでしょう。他の人たちも、君を気に入ったようだし、私も紹介して良かったわ」

「そうですか」

「でも、やっぱり男がいると違うわ。みんなも生き生きしてきたし」

朱里は、レンズの奥から切れ長の目でじっと彼を見て言い、いきなり服を脱ぎはじめてしまった。

「ね、脱いで。君の童貞を頂きたいの」

言われて、たちまち彼も激しく勃起してきてしまった。

やはり朱里は、敏五が午前中に真希子と、午後には由希と肌を重ねたことなど夢にも思っていないようだ。

もちろん敏五も、すでに二人としていても、相手さえ変われば淫気は満々にリセットされている。まして朱里は以前からの知り合いで、さんざん妄想オナニーでお世話になっていたメガネ美女だ。

言われて敏五も、モジモジと脱ぎはじめた。

すでに今日は二人を相手に何度もシャワーを浴びたので、このままでも問題ないだろう。

やがて全裸になると、彼は朱里のベッドに横たわり、枕に沁み付いた悩ましい匂いに激しく興奮を高めた。

「嬉しいわ、勃《た》ってる。みんな内心は飢えているから、私が一番乗りだわ」

朱里も一糸まとわぬ姿になり、彼の股間を見て言いながらベッドに上ってきた。

そして外したメガネをコトリと枕元に置くと、

「あ、どうかメガネだけは掛けたままでいて下さい……」

「そうなの？　その方が良く見えて私は良いのだけど」

「ええ、素顔も綺麗だけど、見慣れた朱里先輩の顔が好きなので」

言うと朱里も、満更でもないように再びメガネを掛けてくれた。

「さあ、じゃ手ほどきしてあげるわ。最初はオッパイから刺激して」

朱里が言い、仰向けになった。

乳房は形良く張りがあり、長い黒髪が白いシーツに映えた。

敏五も顔を寄せ、チュッと乳首に吸い付いて舌で転がし、もう片方も指で探った。

「アア……、いい気持ちよ。そう、うんと優しく……」

朱里が熱く喘いで言い、チロチロと乳首を舐めるたびにヒクヒクと肌が波打ち、生ぬるく甘ったるい匂いが漂った。

「こっちも、乳首は必ず両方ね。指で割れ目をいじって……」

彼女が言い、やんわりと手で彼の顔を移動させた。

敏五はもう片方の乳首を含んで舐め回しながら、そろそろと股間を探った。

柔らかな恥毛を掻き分け、割れ目にそっと指を這わせると、はみ出した陰唇はすでにヌラヌラと熱く潤っていた。

「ああ……、いい……」

朱里がクネクネと悶えながら言い、

「入れていいわ」

いきなり言うので、敏五は驚いて口と指を離した。彼女の亡夫は、そんなにも性急で淡泊で、挿入一辺倒だったのだろうか。

「い、いえ、入れるのは最後にしたいので」

「やっぱり、しゃぶってほしいのね。いいわよ」

「そうじゃなく、僕もあちこち舐めたいから」

「だって、シャワーも浴びてないのよ」

「うん、ナマの匂いが知りたいので」

敏五は言い、左右の乳首を味わってから彼女の腋の下に顔を割り込ませていった。

「アア、汗臭いのに……」

朱里が、急に羞恥を前面に出して声を震わせた。

彼女も性急な亡夫に合わせ、すぐにも挿入を求めていたらしく、だからシャワーも省略したのだろう。

ツルツルの腋の下は生ぬるく湿り、甘ったるい汗の匂いが濃く沁み付いていた。

昨夜入浴したか、せいぜい朝にシャワーを浴びたぐらいだろう。

「いい匂い」

「あう、ダメ、恥ずかしいのに……」

嗅ぎながら言うと、知的でクールなメガネ美女がクネクネと羞恥に身悶え、呻く様子が実に艶めかしかった。

彼は両腋とも存分に嗅いで舌を這わせ、滑らかな白い肌を舐め降りていった。

臍を探って弾力ある腹部に耳を当てると、微かな消化音が聞こえた。

そして張りのある腰から脚を舐め降りると、すっかり朱里は喘いで身を投げ出していた。

スラリとした脚はどこもスベスベで、足首まで下りると彼は足裏に舌を這わせた。

「あ、何するの……」

「じっとしててね」

驚く彼女の足首を押さえ、形良い指の間に鼻を押し付け、ムレムレになった匂いを貪った。そして爪先にしゃぶり付き、指の股に舌を割り込ませて味わうと、

「ダメ、汚いから止《よ》して……」

朱里が身をくねらせて言ったが、身体の方はすっかり力が抜けていた。

敏五は両足とも全ての指の間をしゃぶり尽くし、味と匂いを堪能した。

「あう、くすぐったいわ。信じられない……」

呻く彼女の股を開かせ、脚の内側を舐め上げ、ムッチリと張り詰めた内腿をたどって股間に迫った。

「まさか、アソコを舐めるの？」

「もちろんです。それにジックリ見たいし」

「い、急いで洗ってくるから待って……」

よほど舐めてもらっていないようだ。

「ダメです。力を抜いて下さいね」

彼は言い、閉じようとする内腿に顔を割り込ませ、近々と割れ目に目を凝らした。

恥毛は程よい範囲でふんわりと煙り、割れ目からはみ出す陰唇はヌラヌラと潤っていた。

指で広げると、息づく膣口からは白っぽく濁った本気汁が滲み、桃色の光沢を放つクリトリスもツンと突き立っていた。

堪らずに顔を埋め込み、柔らかな茂みに鼻を擦りつけて嗅ぐと、気にするだけあって汗と残尿臭が濃厚に沁み付き、悩ましく鼻腔を刺激してきた。

「いい匂い」

「あう、嘘……！」

執拗に嗅ぎながら言うと、朱里が内腿でキュッときつく敏五の両頬を挟み付けてきた。内腿で両耳を締め付けられ、彼女の喘ぎ声も聞きにくくなった。

胸を満たしながら舌を挿し入れ、淡い酸味のヌメリを掻き回すと、彼はゆっくり膣口からクリトリスまで舐め上げていった。

「アアッ……！」

朱里が熱く喘ぎ、身を弓なりに反らせて内腿に力を込めた。

敏五はもがく腰を抱えてチロチロと執拗に舌先でクリトリスを弾いては、大量に溢れてくるヌメリをすすった。

さらに彼女の両脚を浮かせ、白く形良い尻に迫り、谷間の可憐な蕾に鼻を埋め込んだ。そこも蒸れた匂いが籠もり、彼は双丘に顔中を密着させて貪り、舌を這わせてヌルッと潜り込ませた。

「く……、ダメよ、そんなこと……！」

朱里が呻き、キュッときつく肛門で舌先を締め付けた。

敏五は滑らかな粘膜を探り、舌を出し入れさせるように動かした。

ようやく脚を下ろし、再び割れ目に戻って大洪水の愛液を舐め取り、クリトリスに吸い付いた。

「お、お願い、入れて……」

朱里が朦朧となって哀願するので、彼も待ちきれなくなり、身を起こして股間を進めた。

急角度にそそり立った幹に指を添えて下向きにさせ、濡れた割れ目に先端を擦りつけて位置を探ると、やがて張り詰めた亀頭がズブリと潜り込んだ。

そのままヌルヌルッと滑らかに根元まで押し込むと、彼は股間を密着させ、脚を伸ばして身を重ねていった。

「アア……！」

朱里が喘ぎ、下から激しく両手を回してしがみついてきた。

中は熱く濡れ、締め付けも蠢きも実に心地よかった。そして念願の先輩と一つになれた悦びが全身に広がった。

まだ動かず、胸で乳房を押しつぶしながら唇を重ねて舌を挿し入れると、

「ンンッ……！」

朱里が熱く呻いて彼の舌にチュッと吸い付いてきた。

敏五は生温かな唾液に濡れた舌を舐め回し、彼女の熱い鼻息で鼻腔を湿らせながら徐々に腰を突き動かしはじめていった。

5

「アア……、すごく気持ちいいわ……」

口を離した朱里が言い、下からもズンズンと股間を突き上げてきた。

敏五もリズミカルに腰を動かしながら、彼女の喘ぐ口に鼻を押し込んで熱い吐息を嗅いだ。

ほんのりアルコールの香気が混じり、大部分は彼女本来の匂いらしいシナモン臭が悩ましく鼻腔を刺激してきた。

「ああ、ここが一番いい匂い」

「嘘、歯磨きもしていないのに……」

嗅ぎながら言うと、朱里の膣内が羞恥にキュッキュッと締まった。

「アア、いきそうよ、もっと強く突いて、奥まで何度も……」

朱里が彼の背に爪を立ててせがみ、収縮と潤いが増していった。

股間をぶつけるように激しく動くと、クチュクチュと湿った摩擦音が淫らに響き、彼も急激に絶頂を迫らせていった。

「い、いきそう……」

「いいわ、いって、中にいっぱい出して……」

降参するように言うと、朱里も股間を突き上げて答えた。

彼は肉襞の摩擦と潤い、きつい締め付けと息の匂いに昇り詰めてしまった。

「く……！」

絶頂の快感に貫かれて呻き、彼は熱い大量のザーメンをドクンドクンと勢いよく注入した。

「か、感じる……、アアーッ……！」

奥深い部分に噴出を受けた朱里も声を上げ、ガクガクと狂おしいオルガスムスの痙攣を開始した。

敏五も全身で快感を味わい、心置きなく最後の一滴まで出し尽くしていった。

本日三人目の美女との体験に満足し、徐々に動きを弱めていくと、

「ああ……、気持ち良かったわ……」

朱里も満足げに声を洩らし、肌の強ばりを解いて四肢を投げ出していった。

敏五はのしかかったまま、収縮する膣内でヒクヒクと幹を過敏に震わせ、かぐわしい吐息を間近に嗅ぎながら余韻を味わった。

心地よい肉のクッションに身を預けたまま呼吸を整えていたが、あまり乗っているのも悪いので、そろそろと股間を引き離し、彼女に添い寝していった。

甘えるように腕枕してもらうと、朱里も優しく胸に抱いてくれた。

「ああ、とうとう敏五としちゃったわ……、前から、手ほどきしたくて堪らなかったの……」

「そ、そんな、だったらもっと早くしてくれれば良かったのに」

朱里の囁きに、敏五は残念そうに言った。

もし学生時代に体験していたら、自分の人生はもっと変わっていたことだろう。

もっとも、過去が少しでも変われば、今の自分の境遇にはならなかったかも知れないので、これで良かったのだろう。

「でも、手ほどきなんか必要ないほど上手だったわ。イケナイところまでいっぱい舐めるし……」

「うん、どんな匂いがするのか知りたかったから」

「あん……」

言うと激しい羞恥が甦《よみがえ》ったように朱里が声を洩らし、ギュッときつく抱きすくめてきた。

「とにかく、これで童貞を捨てて大人の仲間入りね」

朱里が手を伸ばし、愛液とザーメンにまみれて満足げに萎えかけたペニスをいじってくれた。本当に無垢《むく》と信じていたようで、彼はもう童貞でなくて申し訳ない気持ちで一杯になった。

「まあ、また大きくなってきたわ……」

手のひらでニギニギと刺激するうち、また彼自身がムクムクと大きくなってきたので、朱里が驚いたように言った。

「うん、もう一回いきたい」

「私はもう充分よ。お口でもいい？」

「うん！」

言われて、彼は元気よく答えた。割れ目を舐められるのは苦手でも、フェラは抵抗ないらしく、よほど亡夫は挿入と口内発射ばかりで自分本位の男だったらしい。

「でも、いきそうになるまで指でして……」

敏五はそのままの体勢で言い、彼女の口に鼻を寄せ吐息の匂いに高まっていった。

朱里も、手のひらと指の微妙なタッチでペニスを愛撫してくれ、たちまち彼女の手の中で敏五自身は最大限に勃起していった。

「唾を飲ませて……」

せがむと、朱里も顔を上にさせて形良い唇をすぼめて迫り、白っぽく小泡の多い唾液をクチュッと吐き出してくれた。

舌に受けて生温かな唾液を味わい、うっとりと喉を潤して酔いしれた。

「美味しい……」

「嘘よ、味なんかないでしょう」

「顔にもペッて吐きかけて……」

「どうしてそんなことされたいの」

「朱里先輩に苛《いじ》められたい……」

言うと彼女も興奮と余韻の中で好奇心を湧かせ、唇に唾液を溜めて息を吸い込んで止め、近々と顔を寄せてペッと吐きかけてくれた。

湿り気あるシナモン臭の吐息とともに、生温かな唾液の固まりがピチャッと鼻筋を濡らし、微かに匂いながら頬の丸みを伝い流れた。

「気持ちいい……」

「ああ、こんなことするの生まれて初めてよ……」

朱里が息を震わせ、さらに指で激しく幹をしごいてくれた。

「い、いきそう……」

彼が言うと朱里はすぐに身を起こし、手を離して彼の股間に屈み込んできた。

まずは陰嚢にヌラヌラと舌を這わせて睾丸を転がし、袋全体を丁寧に舐め回してくれた。

どうやら、亡夫はこの愛撫が好きだったようで、受け身になると彼女の過去の体験が垣間見えるような気がした。

そして朱里は肉棒の裏側をゆっくり舐め上げ、指で幹を支えながら尿道口をチロチロと舐め、愛液とザーメンにまみれているのも厭《いと》わず張り詰めた亀頭にしゃぶり付いてきた。

さらにスッポリと喉の奥まで呑み込み、上気した頬をすぼめ、幹を丸く締め付けて強く吸った。熱い鼻息が恥毛をくすぐり、口の中ではクチュクチュと舌が蠢いてからみついてきた。

長い髪がサラリと股間を覆い、内部に熱い息が籠もった。

「ああ、気持ちいい……」

敏五は身を投げ出し、うっとりと快感に喘いだ。

そして下からズンズンと股間を突き上げると、朱里も合わせて顔を小刻みに上下させ、濡れた口でスポスポとリズミカルな摩擦を繰り返してくれた。

まるで全身が縮小し、かぐわしい美女の口に含まれ、唾液にまみれて舌で転がされているような快感だ。

恐る恐る股間を見ると、憧れのメガネ美女が、お行儀悪くクチュクチュと音を立て一心不乱にペニスをおしゃぶりしている。

溢れた唾液が陰嚢の脇を伝い流れ、肛門の方まで生温かく濡らしてきた。

「い、いっちゃう……、アアッ……！」

もう限界で、彼は喘ぎながらクネクネと腰をよじり、大きな快感の中でありったけのザーメンをドクンドクンと勢いよくほとばしらせてしまった。

美女の口を汚す禁断の思いが加わり、本日何度目かも分からないのに快感と量は実に多かった。

「ク……、ンン……」

喉の奥を直撃され、朱里は小さく呻きながらも摩擦と吸引、舌の蠢きは続行してくれた。

「ああ……」

やがて最後の一滴まで出し尽くし、彼は喘ぎながら硬直を解いてグッタリと身を投げ出した。すると朱里も摩擦を止め、亀頭を含んだまま口に溜まったザーメンをゴクリと一息に飲み干してくれた。

（あう……、の、飲まれている……）

喉が鳴ると同時に口腔がキュッと締まり、彼は駄目押しの快感に呻いた。

ようやく朱里がスポンと口を離し、なおも幹を握って余りをしごき、尿道口から滲む白濁の雫までチロチロと丁寧に舐め取ってくれた。

「も、もういいです、有難うございました……」

敏五は過敏に幹を震わせ、降参するように腰をくねらせて言った。

すると朱里も顔を上げると、チロリと舌なめずりしながら再び添い寝し、腕枕してくれた。

「ああ、気持ち良かった……」

「二回目なのにいっぱい出たわね」

うっとりと言うと、彼女も敏五の髪を撫でながら答えた。

本当は二回目どころか三人目なのだが、彼は荒い呼吸を整え、朱里の温もりに包まれた。

余韻の中で吐息を嗅ぐと、特にザーメンの生臭さは残っておらず、さっきと同じ艶めかしいシナモン臭が心地よく鼻腔を刺激してくれたのだった。

第三章　妖しきゴスロリ人形

1

「じゃ行ってきます」

敏五は受付の由希に言い、ペグハウスを出た。そして傍らに停めてあるママチャリで近くのスーパーに向かった。彼は車も原付も免許を持っていないので、荷台や前カゴのあるママチャリが買い物には最適なのである。

そして買い物のついでに敏五は、昨夜書いた実家への手紙を投函した。

今日は朝から、次々に客が入ってきた。どうやらホームページや口コミで広まりつつあるようだ。

皆が忙しくなると、敏五は頼まれた買い物に出るのだ。

大部分が食材で、買ったものは勝手に各部屋に入れないので、唯一ロックされていない二階のオフィスに運び、給湯室脇の冷凍冷蔵庫などに保管し、あとは各自が仕事の合間などに二階から自室に運ぶ。

みな日を合わせて買い物メモを託すが、毎日ではなく週に二回ほどだった。

彼はスーパーで買い物をし、米や野菜、冷凍物などの食材をママチャリに乗せ、また戻ってきた。

二階に運んで一階に戻り、由希が客の相手をするため占い部屋に入る時は、彼が受付をする。

その間も、客が来たので待たせたり、資料本などの宅配便が届くのを受け取ったりした。案外にすることが多く嬉しかった。何もすることがないと気が引けるし、淫らなことばっかり考えてしまう。

それでもふとした拍子に、母娘や朱里とした数々が夢のように思い出されて股間が熱くなってしまった。

客は、午前中は圧倒的に主婦が多く、やはり不倫やら夫との不和などの相談が主流らしい。特にカードだけとか、星占いをと指定する客はまだ少ないので、五部屋を均等に使うようにしてもらっていた。

いずれ軌道に乗れば、五人のうち忙しいものや暇なものなどの差が出てくるかも知れず、そのときに今の仲の良い均衡が崩れやしないかと少し心配でもあった。

まあ、それは敏五が悩むことではなく、皆に慕われ、まとめている真希子の役目であろう。

正午から一時までは昼休みとなり、みな各部屋で孤独にすませるわけではなく、二階のオフィスのデスクに集まり、歓談しながら食事した。敏五も買ってきたおにぎりとカップラーメンで昼食とし、六人集まって食事を済ませた。

午後も主婦の客が来て、女性専用なので男が来ることはなかった。

そして三時を回ると、制服姿の女子高生などが連れ立って来て、受付スペースが華《はな》やかになった。

由希や姫乃、美沙などはアイドルのように若い客に人気があり、悩み多き主婦層は知的な真希子や朱里を求めてくるようだ。

だから若い客は占いを求め、主婦たちは人生相談に来るのだろう。

特に白いブラウスに黒いドレス、ベールをかぶってコスチュームに凝るゴスロリ人形のように美しい姫乃は、女子高生たちの憧れらしい。三十五歳の未亡人だが、一見年齢不詳で無表情、少女のようにも熟女のようにも見えて妖しい雰囲気が若い子に人気のようで、五人の中で最も占い師然としていた。

そして由希は同世代の仲間として女子高生に人気で、豪快でボーイッシュな美沙は宝塚への憧れのような人気を集めているらしい。

営業は午前十時から夕方六時まで。休日は平日の水木だが、もちろん用事があればそれ以外にも休みは取れる。

敏五は朝九時からフロアや玄関の掃除もするが、やはり各部屋は神聖なものらしく彼女たちが自分で清掃していた。

夕食は、昨夜のような外食は滅多になく、各自が部屋で好き勝手に済ませていた。

やはり夜は自由な時間で、皆それぞれの勉強もあるのだろう。

たまに五人全員が念を込めて数字を割り出し、宝くじナンバー7を共同購入するようだが、まだ大台の結果は出ていないらしい。それでも細かなものが当たり、分配したりしているようだ。

敏五は仕事を終えて五階の自室に戻り、冷凍ピラフとわかめスープで夕食を済ませた。今日は朱里も部屋で自習するようで呼び出しはない。

同居していても、プライベートな時間はそれぞれ各部屋に引き籠もり、そうそう馴れ合いの女子会などはしていないようだった。

夕食を終えると彼はシャワーを浴びて歯磨きをし、ジャージ姿になって寝る時間までネットでも見ることにした。テレビも備え付けられているので、ニュースぐらいは見ていた。

するとそこへ壁の内線電話が鳴り、出ると姫乃だった。

「私の部屋へ来ない？」

静かな声で言われ、応じた敏五はいそいそと螺旋階段で四階へ下りた。

朱里が、みんな飢えていると言っていたので、どうしても妖しい期待が先に立ってしまう。

だから彼は、早々と寝しなのオナニーをしなくて良かったと思った。

四階のエレベーターホールへ降り、彼は姫乃の部屋のドアを軽くノックした。向かいの美沙の部屋はひっそりとしている。

すぐにドアが開けられ、中に入るとやはり生ぬるく甘い匂いが立ち籠めていた。

彼女の占い部屋も雰囲気満点だったが、この自室もあまり生活臭がなく、キッチンなどは黒いカーテンで隠されていた。

あとは奥のベッドまで本棚が立ち並び、神秘学やタロットの本がひしめいていて、照明もアンティークなものだった。

姫乃はベールだけ脱いでいたが、服はゴスロリファッションで濃いアイシャドウのままである。では、まだ入浴前なのかも知れず、敏五はムクムクと勃起してきてしまった。

「すごい本ですね……」

敏五は並んだ本の背表紙を眺めて言い、姫乃はベッドの端に座り、人形のようにじっと動かず彼を見つめていた。

呼び出したのに、特に話があるわけではなさそうだが、彼は姫乃の眼差しに惹かれて椅子に掛けた。

「亡くなった旦那さんは、姫乃さんを改造する趣味があったと聞きましたけど」

「興味ある？」

「ええ……、出来れば全部見てみたいです」

「いいわ」

姫乃は答えて立ち上がり、ためらいなくドレスを脱ぎはじめていった。

「あなたも脱いで。してくれるんでしょう？」

「も、もちろん……」

言われて、敏五も弾かれたように立ち上がり、手早くジャージを脱いでいった。

彼女はロングドレスとブラウス、ストッキングと下着まで脱ぎ去った。

さらに濃く甘ったるい匂いが籠もり、たちまち二人は全裸になり、彼もベッドに上がった。

一糸まとわぬ姫乃が身を横たえたが、見る限りタトゥーやピアスなどは見当たらない。むしろ白く滑らかな肌をして、乳房は形良く、股間の翳《かげ》りは淡く、脚もスラリとしていた。

すると彼女が、添い寝した敏五の上になり、ピッタリと唇を重ねてきた。

柔らかな唇が密着し、彼女は熱い息を籠もらせながら薄目でじっと彼を見つめ、舌を挿し入れてきた。

歯を開いて受け入れ、舌をからめると確かに先端が左右二つに分かれ、唾液に濡れた滑らかな感触を伝えてきた。

二つの先端は、ある程度ならそれぞれ別の蠢きが出来るようだ。

姫乃は実にジューシーで唾液が多く、覆いかぶさりながらトロトロと注いできた。

敏五は生温かな唾液をすすって喉を潤し、分かれた舌を舐め回しながら彼女の乳房に手を這わせ、コリコリと硬くなっている乳首を探った。

「アア……」

口を離し、無表情だった姫乃が眉をひそめて熱く喘いだ。

何とも綺麗な歯並びの間から漏れる吐息は、ほとんど無臭だが、ほんのりと甘く、ハッカ臭と金臭い成分も入り交じって感じられた。これは今までに嗅いだことのない匂いである。

姫乃も彼の強ばりに手を這わせると移動し、股間に口を寄せてきた。

長い黒髪が内腿にサラリと流れ、彼女は指をサワサワと陰嚢に這わせながら、先端に舌を這わせはじめた。

「ああ……」

敏五は身を投げ出し、快感に喘ぎながらヒクヒクと幹を震わせた。

先端の割れた舌先がチロチロと執拗に尿道口をしゃぶり、さらに彼女は張り詰めた亀頭を含むと、モグモグとたぐるように喉の奥まで呑み込んでいった。

そして熱い息を股間に籠もらせ、幹を締め付けて吸い、幹に舌がからみついた。

いや、それだけではなく未知の快感がペニスに感じられた。生温かな唾液に濡れ、滑らかなものが幹やカリ首を挟みつけてくるではないか。

恐る恐る股間を見ると、姫乃は顔を上下させ、スポスポと摩擦しながら手に何かを握っていた。

「み、見せて……」

言って彼女の手を引き寄せると、姫乃は強烈なおしゃぶりを続けながら持ったものを渡してくれた。

顔に引き寄せてみると、何とそれは上下の総入れ歯だったのである。

どうやら彼女は、唇と舌のみならず、歯茎でのマッサージもしていたのだった。

2

「うわ、これは……」

敏五は驚き、唾液にまみれた義歯を観察した。白く綺麗な歯並びの上下が揃い、歯茎を模した土台はピンクの作り物である。

嗅ぐと唾液の匂いに混じり、ほのかに甘いハッカ臭が感じられた。

では、これは入れ歯固定剤の匂いで、金臭いのは金具部分だったらしい。

その間も、姫乃の愛撫が続き、たちまち彼は絶頂を迫らせて腰をよじらせた。

「で、出そう、一回やめて……」

敏五は姫乃の手を引いて言うと口を離してくれ、彼は危ういところで何とか持ちこたえた。

再び添い寝してきた姫乃の口の中を覗くと、ピンクの歯茎が艶めかしく見えた。

鼻を押し込んで嗅ぐと、吐息は無臭に近いほのかな甘さで、やはり夕食後に義歯を外して念入りに磨いてしまったのだろう。

姫乃は義歯を受け取り、手慣れた仕草で装着し、元の綺麗な歯並びに戻った。

「バイク事故で前歯を全部折ってしまったの。奥歯も元々悪かったから全部作り物にして、やがてお金を貯めたら全てインプラントにするわ」

姫乃が言う。あるいは亡夫の意向もあって総入れ歯にし、彼は歯茎によるフェラを楽しんでいたのではないだろうか。

では改造は、見たところ歯と舌だけのようだが、まだ彼女には何か秘密があるような気がした。

敏五は彼女を仰向けにさせて移動し、足裏から舌を這わせはじめた。

ペディキュアの塗られた爪先に鼻を割り込ませると、やはりそこは汗と脂に生ぬるく湿り、ムレムレの匂いが沁み付いていた。

人形のように美しい彼女でも、ちゃんと蒸れた匂いがすることが嬉しかった。

充分に嗅いでからしゃぶり付き、全ての指の股にヌルッと舌を潜り込ませると、

「あう……」

姫乃がビクリと反応して呻き、唾液に濡れた指先で彼の舌を挟み付けてきた。

敏五は両足とも全ての指の股を貪り尽くし、やがて脚の内側を舐め上げていった。

ムッチリと張りがあり、スベスベの内腿をたどって股間に迫ると、割れ目もクリトリスもごく普通だった。

程よく煙った恥毛に鼻を埋め込んで嗅ぐと、生ぬるく甘ったるい汗の匂いに、ほのかに蒸れた残尿臭も混じって鼻腔が刺激された。

彼は胸を満たしながら舌を挿し入れ、息づく膣口の襞をクチュクチュ掻き回すと、淡い酸味のヌメリが舌の動きを滑らかにさせた。

そのまま柔肉をたどり、ツンと突き立ったクリトリスまで舐め上げていくと、

「アアッ……!」

姫乃が声を洩らし、顔を仰け反らせて内腿を締め付けてきた。

チロチロと舐めると潤いが増し、ヒクヒクと下腹が波打った。

さらに彼女の両脚を浮かせ、白く形良い尻の谷間に迫ると、ピンクの蕾はレモンの先のように突き出て、何とも艶めかしい形をしていた。

鼻を埋めて蒸れた匂いを貪り、舌を這わせてヌルッと潜り込ませると、

「く……、いい気持ち……」

姫乃が呻き、キュッと肛門で舌先を締め付けた。

どうやら彼女は爪先や尻への愛撫に抵抗が無いようで、それだけ亡夫は存分に妻を賞味していたようだった。

彼は舌を蠢かせ、滑らかな粘膜を味わい、脚を下ろして再び割れ目に鼻と口を押し付けていった。匂いで鼻腔を満たし、溢れたヌメリをすすってクリトリスにチュッと吸い付くと、

「い、入れて……」

姫乃が息を弾ませてせがんできた。

敏五も身を起こして股間を進め、先端を濡れた割れ目に擦り付けて位置を定め、正常位でゆっくりと挿入していった。

ヌルヌルッと滑らかな肉襞の摩擦が幹を刺激し、根元まで押し込んで股間を密着させると、

「ああ……、いい……」

姫乃が喘ぎ、両手を伸ばしてきた。彼も脚を伸ばして身を重ね、何とも心地よい締め付けと温もりを味わった。

まだ動かずに屈み込み、左右の乳首を含んで舐め回し、顔中で柔らかな膨らみを味わった。そしてスベスベの腋の下にも鼻を埋め、生ぬるく湿って甘ったるい汗の匂いで胸を満たした。

そして徐々に腰を突き動かしはじめると、溢れる潤いですぐにも律動が滑らかになっていった。

姫乃もズンズンと下から合わせて股間を突き上げていたが、急に動きを停めた。

「ね、お尻に入れて……」

「え、大丈夫かな……」

言われて驚いたが、激しい好奇心が湧いた。どうやら彼女は、亡夫とアナルセックスもしていたのだろう。

身を起こしてペニスを引き抜き、彼女の脚を浮かせると、溢れた愛液がレモンの先のような肛門もぬめらせていた。

彼は愛液にまみれた先端を蕾に押し当て、呼吸を計りながらゆっくり押し込んでいった。張り詰めた亀頭が難なく潜り込むと、蕾が丸く押し広がって光沢を放った。

そのままズブズブと根元まで押し込んでいくと、

「あうう、いいわ……」

姫乃が目を閉じてうっとりと声を洩らし、亡夫とは違う感触のペニスをモグモグと味わうように締め付けてきた。

股間を密着させると、下腹部に尻の丸みが当たって心地よく弾み、彼は新鮮な感触に激しく高まった。

「突いて、乱暴にして構わないから……」

姫乃が言い、自ら乳房を揉んで乳首をつまみ、さらにもう片方の手では空いた割れ目を擦りはじめた。興奮による膣内の収縮が直腸にも伝わり、彼は小刻みに律動しながら絶頂を高まらせていった。

さすがに入り口はきついが、中は思ったより楽で、ベタつきもなく滑らかだった。

まさか二日目に、妖しい美女とアナルセックスするとは夢にも思わなかった。

快感に腰の動きが止まらず、リズミカルな摩擦と締め付けの中で、とうとう敏五は昇り詰めてしまった。

「い、いく……！」

彼は絶頂の快感に声を洩らし、熱い大量のザーメンをドクンドクンと勢いよく注入した。

「き、気持ちいい……、ああーッ……！」

噴出を感じた姫乃も声を上げ、ガクガクと狂おしいオルガスムスの痙攣を開始したが、大部分は自分でいじるクリトリス感覚による絶頂かも知れなかった。

中に満ちるザーメンで、さらに動きがヌラヌラと滑らかになり、彼は快感を嚙み締めながら心置きなく最後の一滴まで出し尽くしていった。

満足しながら徐々に動きを弱め、荒い呼吸を繰り返すと、

「ああ……」

姫乃も声を洩らし、乳首と股間から手を離して身を投げ出した。

するとヌメリと締め付けにより、引き抜こうとしなくてもペニスが押し出されてきた。そしてツルッと抜け落ちると、一瞬丸く開いた肛門が粘膜を覗かせ、徐々に元の蕾に戻っていった。

何やら美女の排泄物になったような興奮が湧いたが、

「すぐ洗った方がいいわ」

姫乃が、呼吸も整わないうちに言って身を起こしてきた。

敏五もベッドを降り、一緒にバスルームへと移動した。

姫乃がヘアクリップで長い髪を束ねると、シャワーの湯を彼のペニスに浴びせ、ボディソープで甲斐甲斐しく洗ってくれた。そして湯で流すと、

「オシッコ出して」

言うので、回復しそうになっている敏五も息を詰め、懸命にチョロチョロと放尿して内側も洗い流した。

出し終えると彼女はもう一度湯を掛け、最後に屈み込むと消毒するようにチロリと尿道口を舐めてくれた。

「あう……、ね、姫乃さんもオシッコ出して……」

彼は床に座り込み、目の前に姫乃を立たせてせがんだ。

すると彼女もためらいなく彼の前に股を開いて立ち、顔に股間を突き出してきたのだ。茂みに鼻を埋めると、まだ流していないので匂いを貪り、舌を這わせた。

割れ目を舐めると、奥の柔肉が迫り出し、味わいが変化した。

「出るわ……」

姫乃が言うなり、チョロチョロと熱い流れがほとばしってきた。

舌に受け、淡い味と匂いを感じながら喉に流し込むと、甘美な悦びが胸に広がってきた。

勢いが付いて口から溢れると、温かなそれは肌を伝い流れ、ムクムクと回復したペニスを心地よく浸した。

「アア……」

姫乃も熱く喘ぎながら放尿を続け、彼の髪を両手で撫で回していた。

やがて勢いが衰えて流れが治まると、彼は残り香の中で余りの雫をすすり、濡れた割れ目内部を舐め回した。

3

「飲むの、好きなの……？」

姫乃が股間を離し、敏五の前に立ったまま見下ろして言う。彼が頷くと、

「じゃこれは？」

彼女は言って屈み込み、敏五の頬を両手で挟みながらピッタリと唇を重ねてきた。

すると生温かな唾液がトロトロと注がれ、彼は嬉々として喉を潤した。

すると、さらに粘液が与えられたのだ。

それは、細かなミックスフルーツの発酵臭に満ちたものだった。

飲み込むと、さらに妖しい興奮が胸に広がってきた。

すぐに姫乃は口を離し、糸を引く唾液をチロリと舐めた。どうやら、夕食後のデザ

ートを逆流させたようだ。

「私は、人間ポンプの体質なの」

姫乃が椅子に座り、最後の秘密を打ち明けてきた。

人間ポンプとは、昔テレビのビックリ人間コーナーで見たことがあった。白黒の碁石を飲み込んで、指定された色のみ吐き出したり、電線の付いた電球を飲み込んで点灯させ、腹を明るくさせるというような芸である。

そこで敏五は、最初に彼女の金山姫乃というフルネームで心に引っ掛かっていたことが解明した。

古事記の一節には、このように記されている。

「イザナミの神の、たぐりにて成りませる神の名は、カナヤマヒメの神……」

たぐりとは吐瀉物《としゃぶつ》のことである。

「夫は私のこの体質が好きで、ミルクとコーヒーを私に飲ませ、カフェオレにして吐き出すのを喜んで飲んでいたわ」

姫乃が言う。どうも敏五は、彼女の亡夫とは友だちになれそうだった。

やがてもう一度シャワーを浴び、二人は身体を拭いてベッドに戻った。

彼自身はすっかり回復しているし、姫乃もまだまだ付き合ってくれそうだ。

敏五が仰向けになると姫乃は股間に屈み込み、また総入れ歯を外して濃厚なおしゃぶりをしてくれた。

「ああ、気持ちいい……」

彼はうっとりと喘ぎ、最大限に回復したペニスを震わせて高まった。

顔を上下させ、スポスポと口で摩擦していた姫乃も、彼が危うくなる前に口を離して先の割れた舌で陰嚢を舐め、さらに脚を浮かせて肛門にもヌルッと舌を潜り込ませてくれた。

やはり口内発射されるより、さっきはアナルセックスだったので、今度は膣で果てたいのだろう。

やがて敏五の前も後ろも存分にしゃぶり尽くしてから、姫乃は身を起こして前進してきた。そして先端に濡れた割れ目を押し当て、息を詰めてゆっくり腰を沈み込ませていくと、

「アアッ……！」

姫乃が喘ぎながら、ヌルヌルッと根元まで受け入れていった。

彼も、肉襞の摩擦と潤いに包まれ、暴発を堪えて股間に美女の重みを受け止めた。

姫乃は密着した股間を擦り付けながら身を重ね、彼も両手でしがみついて僅かに両

膝を立てた。

顔を引き寄せると、すでに彼女の口には総入れ歯が装着されていた。

「外して……」

言うと姫乃もすぐに手のひらに吐き出し、枕元に置いた。

敏五は唇を重ね、舌をからめながら上下の滑らかな歯茎も舐め回した。

すると彼女が腰を遣いはじめ、敏五もズンズンと股間を突き上げて、何とも心地よい摩擦に酔いしれた。

そして姫乃の口に鼻を押し込んでほのかに甘い匂いを貪ると、彼女も舌を這わせはじめてくれた。しかも先の割れた舌先を、左右の鼻の穴に潜り込ませて蠢かせるので何とも妖しい快感が湧いた。

僅かな隙間から嗅ぐと、唾液と吐息の匂いが鼻腔を刺激し、たちまち彼はヌメリと匂い、摩擦の中で二度目の絶頂に達してしまった。

「く……！」

突き上がる快感に呻きながら、ありったけの熱いザーメンをドクンドクンと勢いよくほとばしらせると、

「い、いく……、アアーッ……！」

姫乃も声を上ずらせて熱く喘ぎ、ガクガクと狂おしく身を震わせてオルガスムスの痙攣を開始した。

やはりアナルセックスよりも、格段に大きな快感に見舞われたようだ。

膣内の収縮が最高潮になり、溢れた愛液が互いの股間をビショビショにさせ、淫らな摩擦音がリズミカルに弾んだ。

敏五は心ゆくまで快感を嚙み締め、最後の一滴まで出し尽くすと、徐々に突き上げを弱めていった。

「ああ……」

姫乃も満足げに声を洩らし、肌の強ばりを解いてグッタリと体重を預けてきた。

敏五は重みと温もりを受け止め、いつまでもキュッキュッと収縮する膣内に刺激され、ヒクヒクと過敏に幹を跳ね上げた。

昨日に続き、今日も充実した経験をした。

彼女は、荒い息遣いを繰り返しながら枕元に手を伸ばし、そっと総入れ歯を装着させた。

彼は姫乃の顔を引き寄せ、熱く甘い吐息を間近に嗅ぎながら、溶けてしまいそうな余韻の中で呼吸を整えたのだった。

「ありがとうございました」

主婦らしい女性が、すっきりした顔つきで受付にいる敏五に言って出ていった。

今日も占いの各部屋は盛況である。

客の支払いは各部屋で済ませているので、受付での金の遣り取りはない。

午後三時を過ぎると由希も女子高生たちを相手にしはじめるので、常に敏五が受付を任された。

予約電話が来ると、男からの申し込みは断りつつ、受付にある予約スケジュールに合わせて無理ないよう書き込んでいった。

電話や来客が途絶えると、やはり思うのは女体のことばかりだ。

やはり長く素人童貞だったから、美女と一回すれば気が済むというものではなく、緊張や遠慮のあった初回より、むしろ二回目が楽しみになってきた。

だから敏五は、ここへ来てからまだ一度もオナニーしていないのである。

何しろ五人もの美女がいるから、いつ求められるか分からないのだ。

4

まだ触れていないのは、アスリートでボーイッシュな美沙だけだが、やはり彼女もかなりドライに何でもしてくれそうな気がする。

もちろん体験済みの美女たちも、みな魅力的で、これから何度でも相手をしてもらいたかった。

ただし自分から求めるのは、どうにも気が引けた。

元々シャイな性格だし、まあ、だからこそ二十五まで素人童貞だったのだが。

もちろん自分から誰かに求め、断られても次の女性に頼めば良い。五人もいるのだから、誰かは相手にしてくれるだろう。

それでも自分から求めるのは、いけない気がした。いつでも出来るとか、させてもらえると思うと自分がダメになる気がするのである。そうなると、ここに長くいられなくなるだろう。

あくまで彼は、女性たちが求めてきたら応じる、という、美女たちの快楽の道具のために飼われていると思った方が心地よいのだった。

そして今日も日が暮れると営業が終了し、みな各部屋へと引き上げていった。

敏五は夕食を済ませ、風呂に浸かりながら歯磨きをし、ジャージに着替えて眠くなるまで持ち込み原稿にでもかかろうと思った。

と、そこへ見計らったように、内線電話があった。出ると真希子で、美熟女のオーナーの誘いに、彼はいそいそと部屋を出て三階まで降りていった。

ノックするとすぐにドアが開いて招き入れられた。

「まあ、もうお風呂上がり？」

真希子は敏五の湿った髪を見て言ったが、彼女はまだ普段着のままである。

そして奥へ誘われ、真希子はベッドの端に座った。

「どう、だんだん慣れてきたかしら。続けられそう？」

「はい、とっても恵まれていると思います。もっとどんどん用事を言いつけてほしいぐらいです」

「そう、良かったわ。そのうち好きなジャンルの占いも勉強するといいわ。気学なら私がいくらでも教えられるし」

「ええ、どれも興味があるので、順々に覚えてみたいです」

彼が答えると、真希子は前置きを終えたように立ち上がり、服を脱ぎはじめた。

「いいかしら？」

「はい、もちろん……」

言われて、急激に淫気を高めて答え、彼も手早く全裸になっていった。

敏五も一気に全て脱ぎ去り、熟れた体臭の沁み付くベッドに横たわった
「すごく勃《た》ってる……」

真希子も一糸まとわぬ姿になり、屹立した彼の股間を見て頼もしげに言った。

そして彼を大股開きにさせると真ん中に腹這い、まずはたわわに実る巨乳の膨らみをペニスに押し付けてきた。

「ああ、気持ちいい……」

敏五は、熟れ肌の温もりと感触に喘いだ。

彼女はツンと勃起した乳首で、幹を触れるか触れないかという微妙なタッチで撫で回し、さらに巨乳の谷間にペニスを挟み付けてきた。

真希子は両手で左右から揉みしだき、彼自身は谷間で揉みくちゃにされながらヒクヒク反応した。

やがて真希子は強烈なパイズリをしながら屈み込み、長い舌を伸ばして粘液の滲む尿道口をチロチロと舐め、張り詰めた亀頭をしゃぶってくれた。

ようやく幹から巨乳が離れると、そのまま彼女はスッポリと喉の奥まで呑み込み、幹を締め付けて吸い、念入りに舌をからめてきた。

敏五は股間に熱い息を受けながら快感に身悶え、唾液にまみれたペニスを最大限に膨張させていった。

真希子も次第にリズミカルにスポスポと摩擦し、彼はジワジワと絶頂を迫らせてしまった。

「い、いきそう……」

降参するように腰をよじって伺いを立てると、すぐに真希子はスポンと口を離してくれた。やはりここで終わらせるつもりはないようだ。

彼女が添い寝して仰向けになったので、敏五は入れ替わりに身を起こして白く豊満な熟れ肌を見下ろした。

まずは屈み込んで綺麗な足裏に舌を這わせ、形良く揃った指の間に鼻を押し付けて嗅いだ。

「あう……」

真希子が呻き、ビクリと反応したがされるままになっている。

彼も、やはり緊張していた初回より積極的に、欲望の赴くままに行動出来た。

充分に蒸れた匂いを嗅いでから爪先にしゃぶり付き、両足とも全ての指の股に沁み付く汗と脂の湿り気を貪ると、

「アアッ……、ダメ、くすぐったいわ……」

真希子が足を震わせて喘いだ。敏五は彼女を大股開きにさせ、脚の内側を舐め上げて白くムッチリと量感のある内腿をたどった。

股間を見ると、すでにはみ出した陰唇はヌラヌラと大量の愛液に潤い、熱気と湿り気を籠もらせていた。

柔らかな茂みに鼻を埋め込み、擦りつけながら貪るように嗅ぐと、汗とオシッコの匂いが馥郁《ふくいく》と鼻腔を刺激してきた。

胸を満たしながら舌を挿し入れ、かつて由希が産まれ出てきた膣口の襞を掻き回すと、淡い酸味のヌメリが動きを滑らかにさせた。

膣口からゆっくりクリトリスまで舐め上げていくと、

「ああ、いい気持ち……」

真希子がうっとりと喘ぎ、内腿でキュッと彼の顔を挟み付けてきた。

彼も豊満な腰を抱え込み、匂いを貪りながら愛液をすすり、執拗にクリトリスを舐め回した。

さらに彼女の両脚を浮かせ、逆ハート型の豊かな尻に迫ると谷間の可憐な蕾に鼻を埋め、顔中で双丘の弾力を味わいながら嗅いだ。

蒸れた微香を吸い込んでから舌を這わせ、細かに息づく襞が濡れるとヌルッと潜り込ませ、滑らかな粘膜を味わった。

「く……！」

真希子が呻き、キュッときつく肛門で舌先を締め付けてきた。

敏五は充分に舌を蠢かせてから口を離し、唾液に濡れた肛門に左手の人差し指をゆっくり押し込んでいった。

そして右手の人差し指を膣口に潜り込ませると、

「あう、そこは指二本にして……」

真希子が拒まずに、呻きながらせがんできた。

彼は二本の指を膣口に挿入し、前後の穴の中で指を蠢かせて内壁を擦り、さらにクリトリスに吸い付いた。

「アア、もっと強く……」

最も感じる三点責めに、真希子が声を上ずらせて喘ぎ、それぞれの穴できつく指を締め付けてきた。

敏五は、肛門に入った指を小刻みに出し入れするように動かし、膣内の二本の指では内壁を摩擦し、ときに天井のＧスポットも指の腹で圧迫した。

そして執拗にクリトリスを舌で弾くと、

「い、いきそうよ……、お願い、入れて……！」

急激に高まった真希子が切羽詰まった声で言い、彼も舌を離し、前後の穴からヌルッと指を引き抜いた。

「あう」

指が離れる刺激に彼女が呻いた。見ると膣内にあった二本の指の股は愛液が膜を張り、白っぽく攪拌《かくはん》された粘液にまみれた指は、微かな湯気を立てて湯上がりのようにふやけてシワになっていた。

肛門に入っていた指に汚れはなく、爪にも曇りはなかったが、

「それ、嗅いだらダメよ……」

真希子が羞恥に声を震わせて言った。

「そんなこと、しないわけがないでしょう」

彼はそう答え、指を嗅ぐと生々しい微香が付着していて、美女とのギャップに萌えた。

「あう、ダメ、早く入れて……！」

彼女が身悶えて言い、敏五も股を開かせて股間を進めていった。

大量の愛液にまみれた割れ目に先端を擦り付け、位置を定めてゆっくり挿入してい

くと、

「アアッ……、奥まで……」

真希子が顔を仰け反らせて喘いだ。

彼がヌルヌルッと根元まで滑らかに押し込むと、何とも心地よい肉襞の摩擦と潤い、温もりと締め付けがペニスを刺激してきた。

股間を密着させ、脚を伸ばして身を重ねていくと真希子も下からしっかりと両手を回してしがみついてきた。

まだ動かず、屈み込んで乳首に吸い付き、顔中で巨乳の感触を味わいながら舌を這わせた。

もう片方の乳首も含んで舐め回し、さらに腋の下にも鼻を埋めると、色っぽい腋毛には甘ったるい汗の匂いが濃厚に籠もっていた。

「ああ……、突いて……」

待ち切れないように真希子がズンズンと股間を突き上げてくるので、敏五も合わせて腰を動かし、白い首筋を舐め上げて唇を重ねた。

「ンン……」

真希子は熱く鼻を鳴らし、ネットリと舌をからみつけてきた。

滑らかに蠢く美熟女の舌と唾液を味わい、彼は次第にリズミカルに腰を突き動かした。ヌメリで律動は滑らかになり、ピチャクチャと淫らな音が響いた。

「アア、いきそう……」

真希子が口を離し、収縮を強めて喘いだ。

その開いた口に鼻を押し込んで、熱気と湿り気を貪り嗅ぐと、甘い白粉臭の吐息に混じり、下の歯の裏側の微かなプラーク臭も悩ましい刺激となって鼻腔を掻き回してきた。

美熟女の吐息を胸いっぱいに嗅ぐと彼も急激に高まり、いつしか股間をぶつけるように動いていた。

すると先に真希子がオルガスムスに達し、彼を乗せたままガクガクと狂おしく腰を跳ね上げはじめた。

「き、気持ちいい……、アアーッ……！」

彼女が声を上げ、収縮と潤いを最高潮にさせて悶えた。

続いて彼も大きな絶頂の快感に全身を貫かれ、

「い、いく……！」

声を絞り出しながら、熱い大量のザーメンをドクンドクンと勢いよくほとばしらせてしまった。

「あう、すごい……」

噴出を感じると、彼女は駄目押しの快感に呻いてきつく締め付けた。

敏五は快感を嚙み締めながら腰を突き動かし、心置きなく最後の一滴まで出し尽くしていった。

すっかり満足して徐々に動きを弱めていくと、

「アア……、すごかったわ……」

真希子も熟れ肌の硬直を解いて言い、グッタリと四肢を投げ出していった。

敏五も完全に動きを停めると、遠慮なく豊満な肉体に身を預けて力を抜いた。胸の下では巨乳が押し潰れて弾み、コリコリする恥骨の膨らみが股間に感じられた。

まだ膣内は若いペニスの感触を貪るようにキュッキュッと締まり、刺激に射精直後の幹が過敏にヒクヒクと跳ね上がった。

「あう、もう堪忍《かんにん》……」

真希子も敏感になって呻き、彼を乗せたまま荒い呼吸で巨乳を上下させた。

そして彼は真希子の喘ぐ口に鼻を押し付け、かぐわしい吐息で胸を満たしながら、うっとりと快感の余韻に浸り込んでいったのだった。

5

「まあ、まだ満足できていないの……？」

バスルームでシャワーを浴びた真希子は、一緒に全身を洗い流した敏五のペニスを見て声を洩らした。

確かに一度の射精では物足りず、湯を弾いて脂の乗った熟れ肌を眺めているうち、彼自身はムクムクと鎌首《かまくび》を持ち上げはじめている。

敏五は床に座り、目の前に真希子を立たせた。

「こうして」

そして彼女の片方の足を浮かせ、バスタブのふちに乗せると、開いた股間に顔を埋め込んだ。

「オシッコ出して」

「まあ……」

股間から言うと真希子は声を洩らし、壁に手を突いてフラつく身体を支えた。

湯に湿った恥毛の隅々に籠もっていた濃い匂いはすっかり薄れてしまったが、それでも柔肉を舐めると新たな愛液が溢れて舌の蠢きが滑らかになった。

「アア……、本当にいいの……？」

真希子が息を弾ませて言い、割れ目内部を蠢かせた。

返事の代わりにクリトリスに吸い付くと、彼女の膝がガクガク震え、急激に潤いが増してきた。

するとは急に愛液の味わいが変わり、温もりも熱くなってきた。

「あう、出る……」

真希子が短く言うなり、チョロチョロと熱い流れは勢いよくほとばしってきた。

口に受けると、それは勢いは激しいが味も匂いも実に控えめで上品な物だった。

「ああ……、変な気持ち……」

真希子が声を震わせ、さらに勢いをつけて注いできた。

口から溢れた分が肌を伝い、すっかり回復したペニスが温かく浸された。美熟女の出したシャワーに興奮が高まり、彼は喉を鳴らして貪った。

やがて勢いが衰え、完全に流れが治まると、ポタポタ滴る余りの雫に愛液が混じってツツーッと糸を引いた。

彼は舌を這わせて雫をすすり、残り香の中で内部を舐め回した。

「あう、もうおしまいよ……」

真希子が言って彼の顔を突き放し、足を下ろして椅子に座り込んだ。

「ね、もう一回したい」

「私はもう充分。明日起きられなくなるので」

「じゃ指でいいので」

彼が甘えるように言い、椅子に座った真希子の両足首を持ち、左右の足裏でペニスを挟んでもらった。

「まあ、指って足の指?」

真希子は驚いたように言ったが、すぐバスタブのふちに摑まり、自分から足裏でペニスを挟み、微妙なタッチで擦りはじめてくれた。

「ああ、気持ちいい……」

敏五は、美熟女の足裏で愛撫され、うっとりと喘いだ。

パイズリも心地よかったが、足裏も新鮮で、しかも彼女の脚が菱形《ひしがた》に開かれ、割れ目が丸見えになっている眺めも艶めかしかった。

「唾を垂らして……」

さらにせがむと、彼女はペニスを足裏で挟みながら屈み込み、グジューッと大量の唾液を先端に垂らしてヌメリを与え、なおもヌラヌラと擦ってくれた。

高まりながら敏五が顔を寄せて唇を重ねると、真希子も両手で彼の頬を挟み、ピッタリと密着させて舌をからめてくれた。

体勢が辛いのか、彼女は足を離して、両方の手でペニスをしごきはじめた。

手のひらの中で、唾液に濡れた亀頭が、まるでお団子でも丸められるように刺激された。

「ああ、いきそう……」

彼は口を離し、真希子の唇に鼻を擦り付けると、彼女も舌を這わせ、生温かな唾液で顔中まで唾液でヌルヌルにしてくれた。

そして敏五が美熟女の唾液と吐息の匂いに絶頂を迫らせると、幹の脈打ちで察したか、彼女が言った。

「飲ませて……」

言われて、敏五も興奮を高め、身を起こしてバスタブのふちに腰を下ろし、彼女の鼻先で両膝を開いた。

「いくまで、見つめ合って、決して目をそらさないで……」

真希子が言い、先端にしゃぶり付きながら目を上げた。

同時に指先で幹の付け根や陰嚢をいじってくれ、敏五も股間から見上げる彼女の目を見つめた。

敏五は元々シャイだから、言葉を交わさずに女性と長く目と目を見つめ合う経験など一度もなかった。

真希子の視線を眩しく感じながら、それでも懸命に我慢して目をそらさずにいると羞恥と興奮で、実に新鮮な快感が得られた。

彼女は念入りに舌をからめて亀頭を吸い、やがて顔を前後させ、スポスポとリズミカルな摩擦を開始しても目をそらさなかった。

たちまち敏五は身を震わせ、激しく昇り詰めてしまった。

「い、いく……！」

快感に身を震わせながら口走ると同時に、ありったけの熱いザーメンがドクンドクンと勢いよくほとばしった。見つめ合っている熱い視線が、快感を倍加させているようだった。

「ク……」

すると喉の奥を直撃された真希子が小さく呻き、上気した頬をすぼめてチューッと強く吸ってくれたのだ。

「あう、すごい……」

激しい吸引に、敏五は呻いて思わず腰を浮かせた。

何やらドクドクと脈打つリズムが無視され、陰嚢から直にザーメンを吸い出されているような快感だ。

まるでペニスがストローと化し、美女の口を汚すというより彼女の意思で吸い出されているようだった。何やら一本の素麺《そうめん》でも、ツルツルと延々にすすられているような感覚で、魂《たましい》まで吸い取られそうである。

彼はバスタブのふちから落ちないよう身を支えながら、心ゆくまで快感を味わい、最後の一滴まで出し尽くしていった。

全て絞りきって彼が強ばりを解くと、ようやく真希子も強烈な吸引を止め、亀頭を含んだまま口に溜まったザーメンをゴクリと飲み込んでくれた。

「う……」

嚥下《えんげ》と同時に口腔がキュッと締まり、彼は駄目押しの快感に呻いた。

ようやく真希子もスポンと口を離したが、なおも彼の顔を見上げながら、両手のひらで拝むように幹を挟んで揉み、尿道口から滲んで余りの雫までチロチロと丁寧に舐め取ってくれた。

「も、もういいです、有難うございました……」

敏五は過敏に幹を震わせながら腰をよじり、律儀に礼を言った。

真希子も手と舌を離し、ヌラリと舌なめずりした。

「二度目なのに、いっぱい出たわね」

彼女が言い、敏五は床に腰を下ろして甘えるように巨乳に縋《すが》り付きながら余韻を味わった。

真希子はシャワーの湯をペニスに当て、指で丁寧に擦ってくれ、彼はされるまま幼児のようにじっとしていた。

「気持ち良かった？」

囁かれ、彼は頷きながら余韻の中で美熟女の吐息を嗅いだ。もちろんザーメンの生臭い匂いはなく、さっきと同じ悩ましい白粉臭だった。しかしあまり嗅いでいると、また回復してきそうになる。

やがて呼吸を整え、互いに全身を流すと身体を拭き合い、バスルームを出て身繕いをした。

「じゃ戻りますね。お休みなさい」

敏五は言い、真希子の部屋を辞した。

静かに三階のフロアに出てエレベーターを待ったが、向かいの由希の部屋はひっそりしていた。まさか真希子の声は洩れるようなこともなく、美少女はすでに眠っているのだろう。

やがて五階に戻り、彼は自室に入って横になった。

(なんてすごい毎日だろう……)

暗い部屋で、敏五は心地よい気怠さの中で思った。

ここに来てから、このオナニストが、まだ一度も自分で抜いていないのである。入れ替わり立ち替わり、美女たちと懇《ねんご》ろになっている。

もし一人の女性と毎日何度もし続けていたら、さすがに食傷するだろうが、何しろ様々なタイプの美女が五人もいるのである。

だから淫気も精力も無限に延々と続き、この分なら何よりのダイエットになるのではないかと思った。

女性たちは、敏五が何人もと肌を重ねていることに気づいているのだろうか。

もし自分だけが相手だと思い込み、ある日突然バッティングして訪れられるようなことがあったら困る。

全くモテなかったのに、今はそんな心配をするようになってしまったものだ。

明日も、きっと胸のときめく展開が待っているのだろう。

まだ触れていない美沙も魅力だし、すでに体験した相手も、全員が個性的で魅惑的だった。

敏五は期待と興奮の中で目を閉じると、さすがに疲れていたか、あっという間もなく深い眠りに落ちていたのだった……。

第四章　アスリート美女の蜜

1

「もし忙しくなかったら、買い物に付き合ってほしいのだけど」

昼前、美沙が敏五の部屋に来て言った。初めての連休初日である。

彼も、昼の食材が切れていたから出ようと思っていたところだった。すぐ応じて上着を着ると、一緒に一階に下りてビルを出た。

他の女性たちも出かけているか、あるいは部屋に籠《こ》もっているのか、幸い行き交うことはなかった。

そして駅近くまで歩いてくると、

「まずお昼にしましょうか」

美沙が言い、二人でファミリーレストランに入った。

どうやら奢《おご》ってくれるらしい。差し向かいのテーブルに座り、敏五はミニ天丼と蕎麦《そば》のセット、美沙は休日だから構わないだろうと生ビールを頼み、あとはパスタとサラダだ。

「初対面のときより、少し引き締まってきたわね。何かやっているの？」

美沙が、正面から彼を見回して言う。ボーイッシュなショートカットに、凛々《りり》しい眼差しが眩《まぶ》しかった。

「え、ええ、部屋で自己流のストレッチを」

「そう、続けることが大事だわ。何ならダンベルとか握力増強グッズとか、貸すから言って」

「有難うございます」

敏五は答えたものの、美沙の亡夫は過酷なボディビルとダイエットで急死したのである。だからもし敏五が本気でダイエットしたいと言えば、美沙は的確なアドバイスをしてくれることだろう。

「スポーツの経験は？」

運ばれてきたビールを飲みながら、美沙が訊いてくる。

「全くないです。運動会がこの世で一番嫌いだったので、スポーツはテレビで見ることもしません。駆けっこはビリ以外になったことないです」

「そう、でも健康管理のため、なるべく平均体重を目指すのがいいわね」

「はい、心がけますので」

彼が言うと、やがて料理が来たので二人で食事をした。

そして美沙が支払いを済ませてくれ、二人はレストランを出た。

すると駐車場を横切ろうとすると、入ってきて傍らに停まった車から、三人の男が出てきた。

「わあ、いい女。一緒にドライブしない？」

一人が美沙に声を掛けてきた。三人とも二十代前半で、見るからに頭の悪そうな不良風である。

美沙が無視して敏五を促すと、

「おい、そっちのダサ男は消えろ。彼女だけ一緒に来てくれよ」

大柄な男が敏五を押しやり、美沙に向かってそう言った瞬間、彼女の強烈な正拳が男の水月《すいげつ》にめり込んだ。

「むぐ……」

男が屈み込んで膝を突くと、

「な、何しやがる、この女！」

残る二人が迫ってきたが、美沙の攻撃は電光のように素早かった。一人は脇腹のレバーに足刀をめり込まされ、残る一人が股間を蹴り上げられ、全員がうずくまって苦悶した。

「走るわ！」

美沙が言ってダッシュしたので、敏五も慌てて追った。あまりに鮮やかな秒殺に、彼は恐怖も不安も抱く暇がないほどであった。

駅裏まで逃げたが、どちらにしろ連中は追ってきていない。

「も、もう……」

食後に走らされたもので、敏五は汗だくになって言った。

「そこへ入って休みましょう」

すると美沙が言い、目の前にあったラブホテルに入っていったのだ。また彼は慌てて従うと、彼女はパネルで部屋を選び、フロントで支払いをしていた。

エレベーターで五階まで上がり、二人で密室に入る頃には、ようやく敏五の呼吸も整っていたが、新たな胸の高鳴りに襲われていた。

「実は買い物なんてどうでも良くて、最初からここへ入りたかったの」

美沙が、上着を脱ぎながら言う。どうもペグハウスでは他の女性たちがいるので気《き》忙《ぜわ》しく、落ち着けないようだった。

「それに私は声が大きいから」

「そうですか……」

敏五も上着を脱ぎながら、生まれて初めて入ったラブホの室内を見回した。

ダブルベッドが据えられ、小さなソファとテーブル、テレビや冷蔵庫などが機能的に配置されている。

「さっきは、久々に思い切り蹴って気持ち良かったわ」

美沙が、さっきの活劇を思い出したように目を輝かせて言う。

「でも、これからもっと気持ち良いことをしましょうね」

「ええ、じゃ急いで体を流してきますので」

「そんなの後回しでいいわ」

「いえ、出来れば洗いたいです。美沙さんはそのままでどうか」

「そう、綺麗好きなのね。じゃ私は脱いで待っているから」

美沙がそう言うと、彼女をそのままに、彼はバスルームへ入った。

洗面所で手早く服を脱いで全裸になり、シャワーの湯を浴びながら手早く歯磨きと放尿をした。

やはり自分の方は万全にしておかないと、行為に集中できない。

口をすすぎ、腋《わき》と股間を洗うと、彼は最短時間で全て済ませ、身体を拭いてバスタオルを腰に巻き、脱いだものを抱えて部屋に戻った。

やや照明が落とされ、すでに全裸になった美沙がベッドに横たわっていた。

敏五も服を置いてバスタオルを外し、ベッドに上りながら引き締まった肢体を見下ろした。

乳房はそれほど豊かではないが形良く、張りと弾力に満ちていそうだ。

さすがに肩と腕の筋肉は発達し、前腕は僅かに血管が浮き出ている。腹部は腹筋が浮かび、長い足も逞しく、太腿は荒縄でもよじり合わせたような筋肉が窺えた。

そして小麦色の肌からは、生ぬるく甘ったるい汗の匂いが漂っていた。

股間の翳りは淡いので、あるいは水泳で水着になるときのために手入れしているのかも知れない。

「なんて見事な体……」

「女らしくないでしょう。さあ、好きなようにして」

敏五が感嘆の声を洩らすと、美沙が身を投げ出して言った。

彼は勃起しながら屈み込み、チュッと乳首に吸い付いて舌で転がした。

「アア……、乱暴にして構わないわ。嚙んで……」

すぐにも熱く喘ぎながら美沙が言う。

どうやら過酷な練習に明け暮れてきたから、ソフトタッチよりも強い刺激が好みのようだった。

敏五も前歯でコリコリと乳首を嚙み、もう片方に指を這わせた。

クネクネと身悶えながら言われ、彼も多少力を込めて乳首を愛撫し、もう片方も舌と歯で刺激してやった。

「あう、もっと強く……」

両の乳首を交互に含んで舐め回すと、彼は腋の下にも鼻を埋め込んでいった。

生ぬるくジットリ汗ばんだ腋には、甘ったるい汗の匂いが濃く沁み付いて、悩ましく鼻腔を刺激してきた。

充分に胸を満たしてから、彼は引き締まった肌に舌を這わせ、腰から逞しい足を舐め降りていった。

長い脚は、限りないバネが秘められているようだ。

この右足の甲が、ついさっき不良の股間を容赦なく蹴り上げたのだ。

彼は足裏に回り込み、長年の稽古で硬くなった踵を舐め、太くしっかりした指に鼻を割り込ませて嗅いだ。

「あう、すぐ入れてくると思ったからシャワー浴びなかったのに……」

美沙が腰をよじって言うので、やはり亡夫は淡泊な男で、というより自己改造に専念していて、滅多に夫婦生活はなかったのではないだろうか。

指の股は汗と脂に湿り、濃厚に蒸れた匂いが沁み付いていた。

敏五はアスリート美女の足の匂いを貪り、爪先にしゃぶり付いて全ての指の股に舌を潜り込ませて味わった。

「アアッ……、そんなことされるの初めて……」

美沙が喘いで脚を震わせたが、拒みはしなかった。

彼は両足とも味と匂いを堪能すると、股を開かせて脚の内側を舐め上げていった。

内腿もムッチリと張りがあるが、引き締まりすぎて嚙みつくことも容易ではなかった。それでも指で肉を摘《つま》み、そっと前歯でモグモグと嚙むと、

「アアッ、いい気持ち、もっと強く、歯形が付いても構わないから……」

美沙が激しく喘ぎ、腰をくねらせてせがんできた。

彼も左右の内腿に歯を立て、逞しい弾力を味わってから股間に迫った。

割れ目からはみ出す陰唇は大きめで、指で広げると襞の入り組む膣口が濡れて息づいていた。

しかも、光沢を放って突き立つクリトリスは、親指の先ほどもある大きなものである。まるで幼児のペニスのようで、実に興奮をそそる眺めであった。

2

「大きいでしょう。そこも嚙んで……」

美沙が、大股開きになりながら、息を震わせて言った。

敏五も顔を埋め込み、恥毛に鼻を擦りつけて嗅ぐと、汗とオシッコの匂いが籠もって悩ましく鼻腔が刺激された。

舌を挿し入れて淡い酸味の愛液に濡れた膣口の襞を搔き回し、ゆっくり大きめのクリトリスまで舐め上げていくと、

「アアッ……!」

美沙がビクッと顔を仰け反らせて喘ぎ、きつく内腿で彼の顔を挟み付けた。

敏五は乳首より大きめのクリトリスに吸い付き、そっと前歯でコリコリと刺激してやった。

「あう、いい……、もっと強く……！」

美沙が呻き、引き締まった腹をヒクヒクと波打たせた。

充分に舌と歯でクリトリスを刺激し、大洪水になった愛液をすすると、彼は美沙の両脚を浮かせ、引き締まった尻に迫った。

谷間を見るとピンクの蕾《つぼみ》は、姫乃のようなレモンの先とは違うが、年中力《りき》んでいたせいか僅かに突き出て、ぷっくりとした椿の花弁を思わせた。

鼻を埋めると蒸れた汗の匂いに混じり、微かなビネガー臭が感じられ、彼は興奮して匂いを貪った。

そして舌を這わせ、充分に濡らしてからヌルッと潜り込ませると、

「く……、そんなことしてくれるの……？」

美沙が息を詰め、肛門で舌先を締め付けながら言った。

ここも、舐められたことがないのかも知れない。未亡人たちの亡夫は、姫乃の亡夫以外は淡泊な男ばかりだったようだ。

彼は内部で舌を這わせ、うっすらと甘苦く、滑らかな粘膜を味わった。

やがて前も後ろも味わうと、

「も、もういいわ。充分……」

美沙が言って身を起こしてきたので、敏五も股間から這い出して仰向けになっていった。

「噛まれるの好き？」

美沙が上になり、彼の顔を覗き込んで囁く。

「あ、痕にならない程度なら。でもアソコだけは勘弁……」

「そう、じゃ優しく食べてあげるわね」

彼が言うと美沙が答え、そっと彼の耳たぶをキュッと噛んできた。

「あう……」

熱い鼻息で耳をくすぐられ、彼は甘美な刺激に呻いた。

美沙も咀嚼《そしやく》するように、小刻みに髪や耳の穴をクチュクチュと舐め、頬にもそっと歯を立ててきた。

そして首筋を舐め降りると、彼の乳首に吸い付き、前歯で刺激してきた。

「アア、気持ちいい……」

美女の綺麗な歯並びに愛撫され、彼はクネクネと悶えて喘いだ。

美沙は左右の乳首を順々に舌と歯で念入りに愛撫し、肌を舐め降りて股間に移動していった。

胸や腹には、まるでナメクジでも這い回ったように唾液の痕が縦横に印された。

そして彼女は敏五を大股開きにさせ、真ん中に腹這い、美しい顔を股間に迫らせてきた。

「ここ舐めるの初めてよ」

美沙が彼の両脚を浮かせ、言いながら自分がされたようにチロチロと肛門を舐め回し、ヌルッと舌先を潜り込ませてくれた。

「く……」

敏五は妖しい快感に呻き、モグモグと美女の舌先を肛門で締め付けた。

熱い鼻息で陰嚢をくすぐられながら内部で舌が蠢《うごめ》くと、ヒクヒクと強ばりが上下に震えた。

「洗ってあるから抵抗は無いわね。私は洗ってないのに嫌じゃなかった？」

彼女が舌を引き離して言う。

「ええ、美女ならどんな匂いがしても嬉しいので……」

敏五が答えると、美沙は彼の脚を下ろし、陰嚢にしゃぶり付いてきた。

唾液に濡れた舌で二つの睾丸を転がし、熱い息を股間に籠もらせながら、やがて前進して肉棒の裏側を舐め上げた。

滑らかな舌が先端まで来ると、彼女は粘液の滲む尿道口を舐め回し、丸く開いた口でスッポリと喉の奥まで呑み込んでいった。

「アア……」

敏五は、温かく濡れた美女の口に深々と含まれて喘いだ。

美沙は先端がヌルッとした喉の奥の肉に触れるのも構わず、たっぷりと唾液を出しながら舌をからめ、幹を締め付けて吸った。

「ンン……」

さらに熱く鼻を鳴らしながら小刻みに顔中を上下させ、濡れた口でスポスポとリズミカルな摩擦を繰り返した。愛撫と言うより、自身の欲望で久々の男を貪っているようである。

「い、いきそう……」

敏五が高まって言うと、美沙はスポンと口を引き離した。

「入れるわ。そのままじっとしていて」

彼女はそう言うと身を起こして前進し、敏五の股間に跨がってきた。

そして先端を膣口にあてがい、感触を味わうように息を詰めて、ゆっくり腰を沈み込ませていった。

ヌルヌルッと滑らかに根元まで受け入れると、

「アアッ……、いい……」

美沙が股間をピッタリと密着させ、顔を仰け反らせて熱く喘いだ。

敏五も肉襞の摩擦と締め付けに包まれ、懸命に奥歯を嚙み締めて暴発を堪えた。

彼女は上体を起こしたまま、脚をM字にさせ、スクワットするように股間を上下させはじめた。

逞しい内腿が引き締まり、腹筋が躍動した。

締め付けもきつく、溢れる愛液が流れて彼の股間もビショビショになった。

まるで過酷なストレッチでもしているようで、触れ合っているのがペニスと膣内だけだから急激に高まりが襲ってきた。

「も、もう……」

「まだダメよ、我慢して」

彼が弱音を吐くと美沙が答え、いったん動きを停めて座り込み、ようやく身を重ねてきてくれた。

敏五も下から両手を回してしがみつき、両膝を立てて引き締まった尻を支えた。

するとと美沙が、上から近々と顔を寄せてきた。

「可愛いわ。こういうタイプ初めてよ」

囁きながら、ピッタリと唇を重ね、ヌルリと長い舌を潜り込ませた。

確かに、今まで美沙が相手にしてきた男はスポーツマンばかりだったのだろう。

敏五も舌をからめ、生温かな唾液に濡れてチロチロと滑らかに蠢く美女の舌を味わった。

美沙も執拗に舌を動かしながら、再び徐々に腰を遣いはじめた。

恥毛が擦れ合い、乳房も強く押し付けられた。

彼もズンズンと小刻みに股間を突き上げはじめると、

「アア……、いきそうよ……」

美沙が口を離し、熱く口走った。

口から吐き出される息は湿り気があり、花粉のような甘さに、昼食の名残のオニオン臭も混じって鼻腔が悩ましく刺激された。

試合をするときは相手に失礼の無いよう念入りにケアしているのだろうから、彼女の濃い匂いを嗅ぐ機会など滅多にないのかも知れない。

「唾を垂らして……」

高まりながら囁くと、美沙も興奮に任せて大量の唾液をトロトロと吐き出してくれた。舌に受けて味わい、うっとりと喉を潤して酔いしれながら、彼は美沙の口に鼻を押し込んでかぐわしい熱気を嗅いだ。

美沙もヌラヌラと舌を這わせてくれ、敏五は唾液と吐息の匂い、締め付けと摩擦で急激に高まった。

もう限界である。

「く……！」

彼は大きな絶頂の快感に貫かれて呻き、熱い大量のザーメンをドクンドクンと勢いよくほとばしらせてしまった。

「い、いく……、アアーッ……！」

噴出と同時に美沙もオルガスムスに達したか、ガクガクと狂おしい痙攣を起こし、激しく声を上げた。確かに声が大きく、ペグハウスの中では誰かに聞かれるかも知れない。

敏五は、収縮の増した膣内の快感を嚙み締め、心置きなく最後の一滴まで出し尽くしていった。満足しながら突き上げを弱めていくと、

「ああ……、良かった……」

美沙も声を洩らし、肌の強ばりを解いて力を抜いていった。

互いの動きが止まっても、まだ余りを吸い取るかのように膣内の収縮が続き、彼自身はヒクヒクと過敏に反応した。

（とうとう、五人全員としてしまった……）

彼は呼吸を整え、感慨を込めて思った。

そして敏五は逞しい美女の重みと温もりを受け止め、濃厚な花粉臭の吐息を嗅ぎながら、うっとりと余韻を味わったのだった。

3

「パトカーも救急車も来てないわね。死んでなくて良かった」

シャワーを浴びて身繕いした二人はラブホテルを出た。そしてレストランの駐車場を覗き見た美沙が言った。どうやら不良の三人は、何とか立ち上がって自分たちの車で移動したのだろう。

二人はスーパーで少し食材の買い物をしてから、ペグハウスへと戻った。

そして美沙とはそこで別れ、敏五は自分の部屋に入った。

敏五は夕方まで占いの本を読んだりして、ノンビリした休日を過ごした。

真希子の九星気学や、朱里の易を覚えるのも面白いと思った。

しかし美沙の手相は複雑だし、姫乃の水晶やカードは、本人のような特殊な雰囲気がないと難しいだろう。

とにかく悩みを抱える女性たちは、不確かとも思える占いや助言に耳を傾けて安心を得るものらしい。

悩みといっても、内心では方針を決めていて、後押しされる意見を喜ぶのだろう。だから占い師やカウンセラーは、相手の望む答えを見抜く才能が必要なのだろうと敏五は思った。

やがて日暮れになり、敏五は部屋で夕食の仕度をした。

買ってきた総菜とレトルトライス、そして冷凍ハンバーグをチンした。

連日のセックスで、多少なりともカロリーを使っているせいか、美沙が言った通りほんの少しは引き締まりはじめているようだ。

やはり今後は食事に気を遣って、毎日ほんの少しでも運動した方が良いかも知れないと思った。

夕食を終えると敏五は風呂に入って歯磨きをし、寝巻代わりのジャージ上下に着替えた。

今日は昼間に美沙からコンタクトがあった以来、他の女性からの誘いはなかった。みな休日には、それぞれの予定をこなしているようだった。

敏五はネットをして、初めてオナニーでもして早寝しようかと思っていたところへ内線電話が入った。

「いま屋上なの。良ければ来ませんか」

由希からで、敏五はいそいそと応じてブルゾンを羽織り、部屋を出た。

螺旋階段で屋上に出ると、何とそこにはテントが張られていた。

「今日は星の観察をしているの」

由希も、ジャージの上からブルゾンを羽織り、白い息を吐きながら言った。

テントは、一瞬で組み立てられる簡単なもので、中には寝袋や熱い飲み物の入ったポットなどもあった。

明日も休みなので、由希は屋上で一夜を過ごすらしい。専門が星占いだから、たまにこうして実際に星座を観察しているようだった。

ペントハウスに灯りはあるが、テントはその反対側で光の届かない場所にあった。

由希は東側に敏五を誘い、天空を指した。

「あれがオリオン座、狩人の形。目印は三つ星」

言われるまま目を遣ると、並んだ三つの星はすぐに分かったが、全体の狩人の形は分からなかった。

とにかく由希が言うので、それがオリオン座なのだろう。

あまり周囲に建物がなく、灯りも少ないので星の観察には最適だった。

「オリオンから西に移動すると、牡牛座。一等星のアルデバランが目印。日本では古くから、昴《すばる》と呼ばれているわ」

由希が、ひときわ輝く星を指して言い、双眼鏡を渡した。

「その先が双子座。そしてオリオン座と大犬座、小犬座にあるそれぞれ、プロキオンにペテルギウスにシリウス、それが冬の大三角形」

言われてレンズを覗いても、予備知識のない敏五にはよく分からなかったが、それでも真剣に星を見るなど初めてのことで新鮮だった。

しかも暗い屋上に、美少女と二人きりなのだ。

「日暮れから屋上にいたの？」

「ううん、まだ一時間ほど」

「あまり長く外にいて冷えるといけないよ」

「ええ、じゃ休憩するわ」

差し出した双眼鏡を受け取り、由希がテントに入ったので、彼も続いて中に潜り込んだ。

柱に吊されたライトを点けると中がぼうっと照らされ、下はクッションがあって尻も痛くなく、入り口のファスナーを閉めると温かくてなかなか快適なので、二人はブルゾンを脱いだ。

由希のジャージの胸には、女子高の校章が縫い付けられている。

女子高時代のものらしく、考えてみれば、今年の三月に卒業するまで彼女は高校生だったのだ。

それが短大生となり、結婚して中退し、さらに十八歳のまま未亡人となっているのだから、由希にとって今年は何とも目まぐるしかったことだろう。

テント内に熱気とともに美少女の匂いが籠もると、もちろん敏五は狭い密室の中でムクムクと激しく勃起してきてしまった。

「コーヒー飲みます？」

「ううん、それより、いい？」

由希が言うのに答え、彼はにじり寄った。

彼女も拒まず、身を寄せてきたので抱きすくめて唇を重ねた。

ぷっくりした弾力ある唇が密着し、熱い吐息が鼻腔を湿らせた。

舌を挿し入れ、滑らかな歯並びを左右にたどると、由希も歯を開いて舌を触れ合わせてきた。

敏五はチロチロと舌をからめ、美少女の生温かな唾液と舌の蠢きを味わいながら、ジャージの胸を優しく揉みしだいた。

「アア……」

由希が口を離し、熱く喘いだ。開いた口に鼻を押し付けて嗅ぐと、唾液の香りに混じり、何とも甘酸っぱく濃厚な吐息が鼻腔を掻き回してきた。

果実臭の息に酔いしれながら、彼は手早く下着ごとジャージのズボンを下ろし、ピンピンに勃起しているペニスを解放した。

「こんなに硬くなっちゃった……」

囁きながら彼女の手を握って導くと、由希もひんやりした手のひらに包み込み、ニギニギと愛撫してくれた。

「ああ、気持ちいい……」

彼は喘ぎ、由希のジャージも脱がせにかかった。

やがて二人は狭いテントの中で全て脱ぎ去り、クッションの上に敷いた寝袋に横たわった。

すると由希が屈み込み、幹に指を添えながら先端に舌を這わせてくれたのだ。

敏五はうっとりと身を投げ出し、美少女の愛撫を受け止めた。

彼女は張り詰めた亀頭を充分にしゃぶると、丸く開いた口でスッポリと根元まで呑み込んでいった。

薄寒いテント内で、ペニスのみが温かく心地よい口腔に包まれた。

「ンン……」

由希は深々と頰張り、熱く鼻を鳴らしながら吸い付き、念入りに舌をからめて彼自身を清らかな唾液にぬめらせた。

「アア……」

敏五は快感に喘ぎ、小刻みにズンズンと股間を突き上げると、由希も顔を上下させ可憐な口でスポスポと摩擦してくれた。指先は微妙なタッチで陰囊をくすぐり、溢れた唾液がクチュクチュと音を立てた。

テント内にいると、まるで山中に二人きりでいるような気分になった。

やがて快感が高まってくると、

「い、いきそう……」

彼は息を詰めて警告を発した。すると由希もチュパッと口を離したので、やはり挿入を望んでいるようだった。

彼は身を起こし、由希を横たえようとしたが、

「ちょっとトイレに行ってくるので待ってて……」

彼女は言って腰を浮かせた。

どうやら一時間も屋上にいたので、尿意を催《もよお》したらしい。

「いいよ、ここでして。全部飲んであげるから」

「だって……」

むずがる彼女を仰向けにさせ、敏五は大股開きにさせて腹這いになった。

そして念のため、傍らにあったタオルを彼女の尻の下に敷いて、少々こぼしても良いようにした。

ぷっくりした若草の丘に鼻を埋めて嗅ぐと、今日も汗とオシッコの匂い、それにほのかなチーズ臭も混じって鼻腔を刺激してきた。

彼は貪るように嗅いで胸を満たしながら、濡れた割れ目に舌を挿し入れた。

息づく膣口の襞を探り、淡い酸味のヌメリをすすって小粒のクリトリスまで舐め上げていくと、

「あう……！」

由希が呻き、内腿で彼の顔を挟み付けてきた。

チロチロと舌先で執拗にクリトリスを刺激すると、生ぬるい愛液の量が増して彼女の息が熱く弾み、クネクネと悶えはじめた。

4

「で、出ちゃいそう……」

由希が息を詰めて言うと、敏五も割れ目に吸い付いた。

たちまち熱い流れがチョロチョロと控えめにほとばしり、夢中で受け止めていると次第に勢いが増していった。

脚を浮かせた仰向けだから、もし彼が受け止めなければオシッコは放物線を描いていたことだろう。

夢中で喉に流し込んだが、味も匂いも控えめなので全く抵抗が無かった。

それでも勢いが付くと受け止めきれない分が溢れ、尻を伝って下のタオルに温かく沁み込んでいった。

しかし彼女が言うほど多く溜まっておらず、いくらもこぼさないうち勢いが弱まり間もなく流れが治まった。

敏五は可愛らしい残り香の中で余りの雫《しずく》をすすり、割れ目内部に舌を這わせた。

「アアッ……、へ、変な気持ち……」

放尿の解放感と愛撫の刺激に喘ぎ、由希の白い下腹がヒクヒクと波打った。

彼もようやく顔を上げ、湿ったタオルを引き抜いて出口の方へ置き、あらためて由希の両脚を浮かせ、尻の谷間に鼻を埋め込んだ。

雫に濡れたピンクの蕾に籠もる、秘めやかな匂いを貪ってから舌を這わせ、ヌルッと潜り込ませて滑らかな粘膜を味わうと、

「あう……」

由希が呻き、モグモグと肛門で舌先を締め付けてきた。

中で舌を蠢かせていると、鼻先の割れ目から新たな愛液が溢れてきた。

ようやく脚を下ろし、愛液とオシッコの混じったヌメリをすすり、クリトリスに吸い付いて恥毛の匂いで鼻腔を満たした。

「い、入れて……」

すっかり高まった由希がせがみ、彼も身を起こして正常位で股間を進めた。

先端を割れ目に擦り付け、潤いを与えながら膣口にあてがい、ゆっくりと挿入していった。

「ああッ……、すごい……」

ヌルヌルッと滑らかに根元まで押し込んでいくと、由希がビクッと顔を仰け反らせて激しく喘いだ。

肉襞の摩擦が心地よく、今日も抜群の締め付けが彼自身を包み込んだ。

敏五は股間を密着させ、温もりと感触を味わいながら身を重ねていった。

そして屈み込んでピンクの乳首に吸い付き、舌で転がしながら張りのある膨らみを顔中で味わった。

由希も喘ぎながら激しくしがみつき、膣内の収縮を高めた。

彼は左右の乳首を味わい、腋の下にも鼻を埋めて生ぬるく甘ったるい汗の匂いに噎《む》せ返った。

やがて小刻みに腰を突き動かしはじめると、

「アアッ……、もっと……」

由希が美少女らしからぬ声でせがみ、股間を突き上げてきた。

敏五も次第に動きを早め、股間をぶつけるように激しい律動にしたが、危うくなると動きを弱め、また再び動きはじめた。

少しでも長く味わおうとすると、由希の方はすでに小さなオルガスムスの波が押し寄せているのかヒクヒクと肌を震わせ、粗相《そそう》したように大量の愛液を漏らして律動を滑らかにさせた。

動きに合わせてクチュクチュと湿った摩擦音が続き、由希の口に鼻を押し込んで果実臭の息を嗅ぎながら、敏五も激しく絶頂を迫らせていった。

すると、先に由希が完全に昇り詰め、ガクガクと痙攣しはじめた。

「い、いっちゃう……、すごいわ、アアーッ……！」

声を上げて腰を跳ね上げ、彼も続いて収縮の渦《うず》に巻き込まれてしまった。

「く……！」

突き上がる大きな快感に呻き、ありったけの熱いザーメンをドクンドクンと勢いよく注入すると、

「あ、熱いわ……」

奥に感じる噴出で、駄目押しの快感を得た由希が口走った。

彼は動きながら心ゆくまで快感を嚙み締め、最後の一滴まで出し尽くしていった。

すっかり満足し、徐々に動きを弱めながら力を抜いていくと、

「ああ……」

由希も声を洩らして硬直を解き、グッタリと身を投げ出して言った。

敏五はまだ息づく膣内でヒクヒクと過敏に幹を震わせ、美少女の甘酸っぱい吐息を胸いっぱいに嗅ぎながら余韻を味わった。

ようやく呼吸を整えて気が済むと、彼はそろそろと股間を引き離し、ティッシュを手にして軽く互いの股間を拭《ぬぐ》うと、全裸で密着したまま寝袋にくるまった。

腕枕してやると由希は甘えるように寄り添い、しばし荒い息遣いを繰り返していたが、やがて軽やかな寝息に変わっていった。

彼女は、もう星の観測も止め、心地よい疲労と満足の中で眠ってしまっていた。

どちらにしろ、普段の彼女も寝る時間なのだろう。

寝顔が何ともあどけなく、今さらながら、とても未亡人とは思えなかった。

敏五は手を伸ばしてライトを消し、美少女の温もりと髪の匂いを感じながら目を閉じた。

腕にかかる重みが嬉しく、彼もこのまま眠ることにした。

風もなく静かな夜で、まさか美少女と二人、屋上のテントで寝ることになるとは思いもしなかったものだ。

いつしか敏五も眠りに就き、どれぐらい経っただろう。

気づいて目を開けると、どうやら東天の方が白みはじめているようだ。

寝袋のファスナーを開けても寒くはなく、テント内にはすっかり美少女の匂いが立ち籠めていた。

ペニスは朝立ちの勢いで激しく突き立ち、このまま彼は由希の寝息を嗅ぎながら、自分で抜いてしまおうかと思った。

すると由希が身じろぎ、目を開いてしまった。

「あ……」

声を洩らし、状況を把握したようだった。

「夜が明けそうだわ……」

「うん、よく眠っていたよ」

「見ていたの？　恥ずかしいわ……」

由希が身を縮め、もう我慢できず彼女の手を取ってペニスを握らせた。

「まあ、もうこんなに……」

彼女が驚き、ニギニギと愛撫してくれた。

「ベロを出して……」

ペニスを揉まれながら顔を寄せて言うと、由希もチロリとピンクの舌を伸ばしてくれた。彼も舌を触れ合わせ、チロチロとからめて滑らかな感触を味わった。

さらに由希の口に鼻を押し込むと、寝起きですっかり濃厚になった果実臭が熱く弾んだ。

それを吸い込んで胸を満たし、ヒクヒクと幹を震わせると、彼女も思い出したように愛撫を再開させた。

「なんていい匂い」

「ダメ、恥ずかしいわ……」

執拗に吐息を貪って言うと由希が羞じらいに身じろぎ、指の動きを早めてきた。

「唾を飲ませて」

「乾いて出ないわ……」

せがむと彼女は答え、それでも懸命に分泌させると唇に唾液を溜め、そっと彼の口に塗り付けてくれた。

「い、いきそう……」

やがて高まった彼が言うと、すぐにも由希は身を起こし、張り詰めた亀頭にしゃぶり付いてきた。舌を這わせて飲み込み、顔を上下させスポスポとリズミカルに摩擦してくれた。

「いく……、ああ、気持ちいい……！」

たちまち絶頂に達した敏五は快感に口走り、まだ残っていたかと思えるほどドクドクと勢いよくザーメンをほとばしらせた。

「ンン……」

由希が噴出を受けて熱く鼻を鳴らし、摩擦と吸引を繰り返しながら最後の一滴まで受け止めてくれた。

出し切った彼がグッタリと身を投げ出すと、由希も動きを停めて口に溜まった分をコクンと一息に飲み干した。そして口を離すと幹をしごき、尿道口に脹らむ白濁の雫まで丁寧に舐め取ってくれたのだった。

「あうう、もういい、有難う……」

敏五は過敏にヒクヒクと幹を震わせて言い、降参しながら礼を言った。

ようやく由希も舌を引っ込め、彼の呼吸が整うまで添い寝してくれた。

彼も美少女の温もりに包まれ、かぐわしい吐息を嗅いで余韻に浸った。

「もういい？」

由希が囁き、彼が頷くと彼女はそのまま身を起こして下着とジャージ上下を着け、ブルゾンを羽織って外へ出た。

やがて敏五もノロノロと身を起こし、身繕いしてテントから這い出した。

外は清らかな冷気に包まれ、東の空は白んでいるが真上は暗く星が光り、夜明けにはまだ間があるようだった。

5

「だいぶ星が移動したわ。昴があそこに」

由希が白い息を吐きながら、天空を指して言う。

街々にはまばらな光が灯り、まだ大部分の人は眠りの中にあるようだ。

「今日はお昼過ぎからママと出かけるの。親戚の家で法要があるので」

「そう、じゃ昼までまた寝るといいよ」

「ええ、そうします」

由希が答えると、いきなり空を指さした。

「見て、流れ星！」

驚いて敏五も目を遣ると、地平線の方に落ちてゆく一筋の光芒を辛うじて見ることが出来た。

「ああ、願い事を言う暇もなかった」

「そう、私はいつも決めているので大丈夫だったわ。みんなが幸せでいますようにって」

由希が言い、やがてテントに戻り、クッションと寝袋を畳んで荷物を袋に入れはじめたので敏五も手伝った。

彼女のオシッコに湿ったタオルは、敏五がもらうことにした。

そして由希が器用にテントを手際良く畳むと、彼は荷の大部分を抱え、階段で五階まで下り、一緒にエレベーターで三階に行くと由希の部屋に荷物を置いた。

「じゃ、僕もまた少し寝るね」

「ええ、おやすみなさい」

由希が答え、敏五は五階の部屋に戻った。

そしてトイレに行ってからベッドに横になり、間もなく日が昇るだろうからカーテンを閉めた。

まだ眠いので、シャワーやブランチは起きてからで良いだろう。

敏五は目を閉じた。やはり由希と一緒ではない方が、気遣うことなくすぐにも再び眠ることが出来たのだった……。

——目が覚めると午前十時前。

股間の雄々しい朝立ちを認め、やはり一睡でもすれば、すぐにも淫気と精力が回復するようだった。

起き出してシャワーを浴び、由希のオシッコタオルは、もう時間も経ったので水で濯《すす》いでから洗濯機に入れた。

ブランチはまた冷凍パスタとスープである。

食べ終えると彼はノートパソコンを点け、昨夜見なかった分のSNSを一通り見て回った。

すると、敏五からの手紙が届いたようで、福島の兄からメールが来ていた。

『就職できたようで何より、体に気をつけて頑張れ』と短い文句だったが、彼も正月には少し帰れるかも知れないと返信しておいた。

（さて、今日は何をするか……）

敏五は立ち上がり、景色を見て伸びをしながら思った。

占いの勉強をするか、持ち込み原稿にかかるか。しかし外へ出たくなるほど、今日も師走の陽射しが柔らかだった。

それに今日もまた、美女の誰かと良い展開になるかも知れない。

やがて彼は、昼前に一階へ下りてみた。

ちょうど、真希子と由希が出かけるところらしい。

由希も、あれからちゃんと眠ったようで、すっきりした顔つきをしている。

「じゃ、あちらで夕食を済ませてくるので、こっちへは夜九時頃に戻るわ」

真希子が敏五に言い、由希と二人で車に乗り込んだ。

すると、そこへ美沙が出てきて、

「途中まで乗せて下さい」

と言って後部シートに乗り込んでいった。

あとで聞くと、美沙は休日なので今日は母校のスポーツサークルを見回るらしく、やはり夕食はその仲間たちと済ませるようだった。

走り去る車を見送ると、敏五は郵便物だけチェックした。そして休日と知らない客が来るといけないので本日休業の札を確認し、中に入って施錠し、玄関のカーテンを閉めた。

まだ朱里と姫乃は中にいるのだろうが、外へ出るなら各自が合い鍵を持っている裏口を使うだろう。

五階に戻ると、向かいのドアが開いて朱里が顔を出した。

「敏五君、お昼は済ませた？」

「ええ、もうブランチを終えました」

「私の部屋に来ない？」

「はい、行きます」

敏五は答え、自分の部屋に入らず、そのまま招かれるまま朱里の部屋に入った。

急激に興奮が湧き、早くも股間が熱くなり条件反射のようにムクムクと勃起してしまった。

実に美女が五人もいるから、同じ女性が続くことなく、順々に別の人が味わえるのは正に男の天国であった。

しかし中には先客がいて、彼は驚いた。

奥のベッドに、姫乃が腰掛けていたのである。今日もゴスロリ衣装に目元のクッキリしたアイシャドウだ。

二人とも真希子の教え子だが、六歳違いだから、姫乃が卒業してから朱里が入学したことになる。しかし二人は五年前、真希子の夫の葬儀で顔を合わせ、以来親交があるとのことだった。

その同じ五年前、姫乃の夫も急死しているのだから、朱里は立て続けに葬儀で顔を合わせていたらしい。

「夜まで三人きりね」

「ええ」

「今日の予定は何かあるの？」

「いえ、読書とネットぐらいですから」

朱里に言われ、敏五も持ち込み小説の執筆にかかることは言わなかった。

それを言って、入社したばかりなのに、早く小説デビューして辞めたいと思われても困るからだ。

「じゃ三人で過ごしましょう」

朱里に言われ、敏五は少々がっかりして萎えはじめた。

一対一なら淫らな行為にも入れるが、三人では会話するぐらいしか時間がつぶせない。まさか二人が彼に専門の占いを講義するとか、姫乃のカードでゲームなどするとも思えないのだ。

すると、黙って彼を見つめていた姫乃が口を開いた。

「三人で戯れたいのよ。脱いで」

「え……？」

言われて、彼は驚いて目を丸くした。

姫乃の言葉に、朱里も目をキラキラさせて彼を見ているから、どうやら本気らしく二人で申し合わせていたようだ。

「ぼ、僕は全く構わないし、むしろ嬉しいのだけど、お二人は大丈夫なのですか。同性が一緒で……」

敏五が気遣うように言うと、姫乃が答えた。

「私たちは少しだけ、レズごっこをしていた仲なのよ。だから大丈夫」

「うわ、そうだったんですか……」

彼は、この妖しいゴスロリ美女と、憧れのメガネ美人の先輩が、女同士で戯れているところを想像し、萎えかけたペニスがまたムクムクと勢いよく勃起してくるのを覚えた。

「そ、そういうことなら是非にもお願いします……」

男の天国はまだまだ続くようで、敏五は手早く服を脱ぎはじめていった。

すると、本当に姫乃と朱里も立ち上がり、ためらいなく脱いでいったのである。

どうやら冗談などではなく、これから3Pという彼にとって夢のような展開になるようなのだ。

姫乃は待っていたらしく、すでに室内には二人分の女臭が悩ましく立ち籠めはじめていた。

やがて全裸になると、敏五は朱里の匂いの沁み付いたベッドに横たわった。

そして見ていると、朱里も姫乃も背を向けて服を脱いでゆき、白い肌を露わにしていった。

衣擦《きぬず》れの音とともに、さらに濃い匂いが混じり合って揺らめき、彼は期待と興奮、二人分の匂いだけで今にも暴発しそうになってしまった。

とうとう二人とも一糸まとわぬ姿になって向き直り、一緒にベッドに上ってきたではないか。

二人とも長い黒髪は同じだが、朱里は髪を真ん中から分けてメガネだけ掛け、姫乃は横に揃った前髪が眉を隠している。

どちらもスラリとして均整の取れたプロポーションで、豊かな乳房も形良く、きめ細かな白い肌をしていた。

（ああ、どうなるんだろう……）

敏五は仰向けになって胸を震わせ、ピンピンに突き立ったペニスをヒクつかせた。

やがて彼の左側に朱里が、右側に姫乃が添い寝し、左右からサンドイッチのように女体で挟み付けてきたのである。

また混じり合った匂いが、甘ったるく彼の鼻腔を掻き回してきたのだった。

第五章　二人がかりの大快感

1

「二人で好きにしたいので、じっとしていて」

右側から姫乃が囁き、敏五も小さく頷いて、期待に息を震わせていた。

すると左右から二人が屈み込み、姫乃と朱里は同時に、彼の両の乳首にチュッと吸い付いてきたのだった。

「あう……」

刺激に、思わず敏五は呻いて身を強ばらせた。

単なる乳首への愛撫でも、美女が二人いて、左右同時に触れられるとなると快感も倍以上だった。

どちらも色白で長い黒髪だ。その髪と息が二人ぶん肌をくすぐり、それぞれの舌が乳首を舐め回し、音を立てて吸っている。

一人は清楚なメガネ美女、もう一人は妖艶な魔女だ。

「嚙んで……」

彼が身悶えながら言うと、二人も綺麗な前歯でキュッキュッと両の乳首を刺激してくれた。

「アア、気持ちいい、もっと強く……」

敏五は甘美な刺激に息を弾ませて言い、二人もやや力を込めた。

そして乳首を充分に味わってから、彼の肌を舐め降り、その微妙に非対称の愛撫に言いようもなく全身がクネクネと反応してしまった。

脇腹にも歯が立てられ、下腹にも舌が這い、二人は徐々に彼の股間に迫ってきたが途中でそれ、腰から脚を舐め降りていった。

まるで彼が未亡人たちにしているように、股間は後回しらしい。

二人は申し合わせたように、とうとう敏五の足裏に舌を這わせ、爪先にもしゃぶり付いて、順々に指の股にヌルッと舌を割り込ませてきたのである。

「あう、そんなことしなくても……」

敏五は、申し訳ない快感に呻いた。自分がする分には良いが、美女にされるとなると気が引けてしまう。

しかし二人は、彼を感じさせるためというより、女二人で一人の男を賞味し、好きで貪っているようだった。

敏五は何やら、二人の美女に全身を少しずつ食べられていくような錯覚と興奮に陥った。

二人は厭《いと》わず全ての指の間に舌を潜り込ませ、念入りに蠢かせている。

まるで生温かな泥濘《ぬかるみ》を踏むようで、彼の両の指先は美女たちの生温かな唾液にまみれた。

敏五は生まれて初めての快感に悶え、やがて二人は貪り尽くすと彼をうつ伏せにさせた。本当に、普段の彼のパターンをなぞっているようだ。

腹這いになると、脚の裏側が舐められ、尻の双丘にもそれぞれの歯並びがキュッと心地よく食い込んだ。

「く……！」

痛み混じりの甘美な快感に呻くと、うつ伏せになって押しつぶされたペニスがヒクヒクと震えた。

やはりまだ谷間は攻めず、腰から背中を舐め上げられると、意外にも感じてしまいゾクゾクと快感が走った。もちろん背中のあちこちにもキュッと歯が立てられ、彼は顔を伏せて息を弾ませた。

肩まで来ると、うなじにかかる二人の息が心地よかった。

二人は再び背中を舐め降り、うつ伏せのまま彼を大股開きにさせ、指でムッチリと谷間を広げて交互に舐めはじめた。

うつ伏せなので、どちらが舐めているか分からないが、二人とも念入りに舌を這わせてはヌルッと肛門に潜り込ませてくれ、

「あう……」

敏五は呻きながら、それぞれの舌先を肛門で締め付けた。

二人は代わる代わる舌を潜り込ませてから、ようやく顔を上げて彼を再び仰向けにさせた。

そして左右の内腿を舐め上げ、時に嚙み、股間で二人が頰を寄せ合い、熱い息が混じり合って籠もった。二人は同時に陰囊にしゃぶり付き、それぞれの睾丸を舌で転がした。

「アア……」

敏五は快感に喘ぎ、時に急所をチュッと吸われるたびビクリと腰を浮かせた。

充分に舐め尽くすと、二人は同時に前進して屹立した肉棒の裏側と側面をゆっくり舐め上げてきた。

さすがにレズごっこを体験してきただけあり、女同士の舌が触れ合っても、二人は全く気にならないようだ。

先端まで来ると、二人は張り詰めた亀頭を同時にしゃぶり、粘液の滲む尿道口も交互にチロチロと舐め回してくれた。

そして交互にスッポリと含み、舌をからめてはスポンと引き離し、すかさず交替してくれるのだ。しかも姫乃はそっと総入れ歯を外しているので、歯茎のマッサージが感じられた。

股間を覆う二人の長い髪の中に混じり合った熱い息が籠もり、それぞれの舌の蠢きと吸引に、彼は激しく高まってしまった。

「い、いきそう……」

敏五が警告を発しても、二人は強烈な愛撫を止めなかった。

まるで姉妹が一つのソフトクリームを、お行儀悪く貪っているようだ。

どうやら、一度目はこのまま射精させるつもりらしい。

もう彼は限界に達し、二人のミックス唾液にまみれた幹を震わせ、とうとう大きな絶頂の快感に全身を貫かれてしまった。

「いく……、アアッ……！」

敏五は快感に身をよじりながら、熱い大量のザーメンをドクンドクンと勢いよくほとばしらせた。

ちょうどくわえていた姫乃が、歯のない口でモグモグと締め付けて最も濃厚な第一撃を吸い取り、すぐに口を離すと朱里がすかさずしゃぶり付き、余りを吸い出してくれた。

「あうう……、気持ちいい……」

温もりと感触が微妙に異なる口腔に射精しながら、彼は溶けてしまいそうな快感に呻いた。

やがて最後の一滴まで出し尽くし、グッタリと身を投げ出すと、含んでいた朱里も動きを停めて口を締め付け、ゴクリと一息に飲み干してくれた。

そして朱里が口を離すと、唾液にまみれた幹をニギニギとしごき、尿道口に脹らむ余りの雫まで、二人でチロチロと舐め取ってくれた。

もちろん姫乃も、口に飛び込んだ分は飲み込んだようだ。

「く……、も、もういい……」

二人がかりで舐められ、彼はヒクヒクと過敏に幹を震わせ、降参するように腰をよじって声を絞り出した。

ようやく二人も顔を上げ、大仕事でも終えたように太い息を吐いた。

二人がかりで綺麗にしてくれ、もうザーメンの一滴も残っていない。

姫乃は、素早く総入れ歯を装着していた。

もちろんこれで終わりのわけはないだろう。彼は余韻の中、いつまでも動悸《どうき》と呼吸が治まらないまま、二人の美女を見上げた。

「さあ、どうすれば回復するか言って。何でもしてあげるから」

姫乃がヌラリと舌なめずりして言い、朱里も頬を上気させ、キラキラ光る眼差しを敏五に向けていた。

「あ、足を顔に……」

「いいわ。そう言うと思った」

敏五が身を投げ出したまま言うと姫乃が答え、すぐにも二人は立ち上がって彼の顔の左右にスックと立った。

真下から二人の美女を見上げるのは、何とも壮観であった。

どちらもスラリとした脚をし、形良い乳房を弾ませ、遙か高みからこちらを見下ろしている。

二人とも、股の間から濡れた割れ目が覗いていた。

そして二人は片方の足を浮かせ、互いに体を支え合いながら、そっと足裏を彼の顔に乗せてきたのだ。

「ああ……」

敏五は快感にうっとりと喘ぎ、顔中に二人の足裏を受け止めた。

交互に舌を這わせ、それぞれの足指の間に鼻を埋め込んで嗅ぐと、どちらも汗と脂に湿って蒸れた匂いを悩ましく沁み付かせていた。

彼は胸いっぱいに匂いを貪り、爪先にしゃぶり付いて全ての指の股に舌を割り込ませて味わった。

「あう……」

二人も呻き、唾液に濡れた指先を蠢かせながら、やがて足を交代した。

敏五は、そちらも味と匂いを貪り尽くすうち、ムクムクと急激に回復していったのだった。

「顔にしゃがんで」

下から言うと、年上の姫乃が先に彼の顔に跨がり、和式トイレスタイルでゆっくりしゃがみ込んできた。

脚がM字になると内腿がムッチリと張り詰め、濡れた割れ目が鼻先に迫った。

陰唇が開いて濡れた膣口とクリトリスが覗き、顔中を熱気が包み込んだ。

敏五は腰を抱き寄せ、茂みに鼻を埋め込んで汗とオシッコの匂いを貪り、舌を挿し入れて熱いヌメリを味わいはじめた。

2

「アアッ……、いい気持ち……」

敏五がクリトリスを舐め回すと、姫乃が熱く喘ぎ、思わず座り込みそうになるたび彼の顔の左右で懸命に両足を踏ん張った。

彼も執拗に舌を這わせ、味と匂いを貪ってから、尻の真下に潜り込み、顔中にひんやりした双丘を受け止めながら、谷間の蕾に鼻を埋めて嗅いだ。

レモンの先のように突き出た肛門には蒸れた匂いが籠もり、舌を這わせてヌルッと潜り込ませると、

「あう……」

姫乃が呻いて、キュッと肛門で舌先を締め付けてきた。

敏五は滑らかな粘膜を探り、やがて舌を離すと、姫乃は自分から股間を浮かせて場所を空けた。

待機していた朱里がすぐに跨がり、同じようにしゃがんで割れ目を迫らせてきた。

やはり立て続けに見上げると、二人の違いもよく分かった。朱里の方が恥毛が薄めで、陰唇も小振り、クリトリスもやや小さめである。

腰を抱き寄せて恥毛に鼻を埋めると、それでも汗とオシッコの蒸れた匂いは良く似ていた。

嗅ぎながら舌を這わせると、

「もうこんなに勃《た》ってるわ……」

姫乃がペニスに屈み込んで言い、歯のない口でしゃぶってくれた。

彼自身は唾液にまみれながら、姫乃の口の中で最大限に勃起していった。

そして朱里の割れ目を舐め、味と匂いを堪能しながらクリトリスに吸い付くと、

「アアッ……！」

彼女が喘ぎ、新たな愛液をトロトロと漏らしてきた。

さらに朱里の尻の真下に潜り込んでいくと、姫乃が顔を上げて跨がり、女上位でヌルヌルッと膣口に受け入れていったのだ。

「く……」

敏五は肉襞の摩擦快感に呻き、懸命に朱里の尻の谷間を嗅ぎ、蒸れた匂いに酔いしれてから舌を這わせ、ヌルッと潜り込ませた。

「あう、変な気持ち……」

朱里が呻き、やはりモグモグと肛門で彼の舌先を締め付けてきた。

敏五が朱里の肛門内部で舌を蠢かせ、滑らかな粘膜を味わっている間にも、姫乃は仰向けの彼の股間に座り込み、股間を密着させて締め上げてきた。

そして姫乃が前にいる朱里の背に摑まりながら、小刻みに股間を上下させると、大量の愛液が律動を滑らかにさせた。

敏五は快感を堪えながら、朱里の前と後ろを舐め回し、味と匂いを貪った。

二人の強烈なダブルフェラで射精したばかりだから、姫乃に少々動かれても、すぐ暴発するような心配はなさそうだ。

そうしている間にも、姫乃が収縮を強め、あっという間にオルガスムスに達してしまったようだ。

「い、いく……、アアーッ……！」

姫乃が声を上ずらせて喘ぎ、ガクガクと狂おしい痙攣を繰り返した。

その激しさにも堪え、敏五は朱里の股間を味わい、勃起したまま姫乃の嵐が過ぎ去るのを待った。

「ああ、気持ち良かったわ……」

姫乃が股間をビショビショにさせ、ようやく動きを停めて言うと、そろそろと股間を引き離していった。

すると朱里が腰を浮かせ、そのまま仰向けの敏五の上をバックしてゆき、股間に跨がってきた。そして姫乃の愛液にまみれ、淫らに湯気すら立てている先端に割れ目を押し付けると、ゆっくり腰を沈めて膣口にヌルヌルッと根元まで受け入れていったのだった。

「アアッ……！」

完全に股間を密着させて座り込むと、朱里が顔を仰け反らせて喘ぎ、姫乃は彼に添い寝して荒い呼吸を繰り返した。

敏五も、朱里の温もりと感触を味わい、両手を伸ばして抱き寄せ、両膝を立てて息づく尻を支えた。

朱里が素直に身を重ねてくると、彼は潜り込むようにして乳首に吸い付き、顔中で膨らみを味わいながら舌で転がした。

そして横にいる姫乃の胸も引き寄せ、乳首を含んで舐め回した。

やはり二人均等に愛撫してやらないといけないだろう。

敏五は、二人の乳首を順々に味わい、腋の下にも鼻を埋め、生ぬるく甘ったるい汗の匂いに噎せ返った。

それぞれは控えめな匂いだが、二人分となると濃厚になった。

ズンズンと小刻みに股間を突き上げはじめると、

「ああ、いい気持ち……」

朱里が喘ぎ、合わせて腰を遣いはじめた。

柔らかな恥毛が擦れ合い、コリコリする恥骨の膨らみも押し付けられた。

さらに彼は、二人の顔を引き寄せ、同時に三人で唇を重ね合った。

舌を挿し入れると、二人も貪るようにチロチロと絡み付け、敏五は混じり合った吐息で鼻腔を熱く湿らせ、ミックス唾液を味わいながら滑らかな舌の蠢きを二人ぶん味わった。

「もっと唾を垂らして……」

股間を突き上げながら囁くと、二人も懸命に唾液を分泌させては口を寄せ、続けざまにトロトロと吐き出してくれた。

白っぽく小泡の多い唾液を受け止め、二人ぶんの生温かなシロップで彼はうっとりと喉を潤して酔いしれた。

「い、いっちゃう……」

朱里が声を震わせ、動きを激しくさせてきた。収縮が活発になり、溢れた愛液が彼の肛門にまで熱く伝い流れた。

敏五も高まり、それぞれの口に鼻を押し込んで熱く湿り気ある吐息を嗅いだ。

さすがに姫乃は義歯を外して洗ってしまったらしく、微かな甘い刺激があるだけだが、朱里の方は悩ましいシナモン臭が鼻腔を掻き回してきた。

彼は二人分の唾液と吐息を吸収し、肉襞の摩擦の中で二度目の絶頂を迫らせた。

「舐めて、唾で顔中ヌルヌルにして……」

興奮に任せて言うと、二人も舌を這わせ、敏五の鼻から頬、耳まで舐め回しはじめた。それは舐めるというよりも、吐き出した唾液を舌で顔中に塗り付けてくるようだった。

妖しい美女の姫乃と、メガネ美女の朱里が一緒に舐める様は実に淫らだった。

「ああ、いきそう……」

敏五も顔中美女たちのミックス唾液でパックされたようにまみれながら、朱里の摩擦と締め付け、二人分の唾液のヌメリと吐息の匂いに高まって口走り、たちまち昇り詰めてしまった。

「く……！」

二度目とも思えない大きな快感に呻くと同時に、ありったけの熱いザーメンがドクンドクンと勢いよくほとばしり、朱里の奥深い部分を直撃した。

「すごいわ、いく……、アアーッ……！」

噴出を感じた途端に朱里が声を上げ、ガクガクと狂おしいオルガスムスの痙攣を開始した。

膣内の収縮と潤いも最高潮になり、彼は全身を吸い込まれそうな快感に悶え、心置きなく最後の一滴まで出し尽くしていった。

二度の射精ですっかり満足すると、敏五は徐々に突き上げを弱めてゆき、朱里の重みを受け止めながら身を投げ出していった。

「ああ……」

朱里も満足げに声を洩らし、肌の硬直を解くとグッタリともたれかかってきた。

まだ収縮する膣内に刺激され、彼自身はヒクヒクと過敏に内部で跳ね上がった。

「あう……」

朱里も敏感に反応して呻き、幹の震えを押さえつけるようにキュッときつく締め上げた。

敏五は上からのしかかる朱里の重みと、横から密着する姫乃の温もりに包まれ、二人ぶんの混じり合ったかぐわしい吐息で胸をいっぱいに満たしながら、うっとりと快感の余韻を味わったのだった。

もう、こんな体験は一生に一度きりのことだろう。

まあ、また皆が出払い、三人だけが残れば出来るかも知れないが。

密着しながら荒い呼吸を整え、やがて朱里がそろそろと身を起こして股間を引き離していった。

「ああ、すごく良かったわ……」

朱里が言って添い寝し、真ん中の敏五は左右から挟まれながら、温もりの中でうっとりと力を抜いた。

すると姫乃がベッドを降り、朱里もティッシュの処理を省略して続いたので、彼も従い三人でバスルームへと移動していった。

3

「ね、二人でオシッコかけて……」

三人でシャワーを浴び、体を洗い流すと、敏五は狭い床に腰を下ろして言い、左右に立たせた姫乃と朱里を引き寄せた。

二人も素直に敏五の肩に跨がり、両側から彼の顔に股間を突き出してくれた。

左右の割れ目に鼻と口を埋めて嗅いだが、大部分の匂いは薄れてしまった。

それでも柔肉を舐めると新たな愛液が溢れ、すぐにも舌の動きがヌラヌラと滑らかになった。

「アア……、すぐ出そうよ……」

姫乃が言うと、朱里も息を詰めて懸命に尿意を高めていた。メガネを外しているので、見知らぬ美女に肩を跨がられているようだった。

姫乃の割れ目を舐めているうち、柔肉が蠢いて温もりが増した。

「あう、出る……」

彼女が言うなり、チョロチョロと熱い流れがほとばしり、敏五も夢中で舌に受けて味わった。

するると反対側の肩に、ポタポタと温かな雫が滴り、

「出ちゃう……」

朱里が言うなり、たちまち勢いが増して肌に注がれてきた。

そちらにも顔を向けて口に受け止め、喉を潤した。どちらも味も匂いも淡く控えめだが、二人分となると悩ましく鼻腔が刺激された。

交互に舌を伸ばすと、その間はもう一人の流れが温かく肌を濡らし、彼の身体中を心地よく這い回った。

その刺激に、また彼自身がムクムクと鎌首を持ち上げはじめてしまった。

「ああ、気持ちいい……」

ゆるゆると放尿しながら姫乃が喘ぎ、朱里は羞恥に息を詰めながらも彼の肌に注ぎ続けていた。

美女たちの温かなシャワーを浴びられるなど、何という幸福であろうか。

大学時代、敏五より顔が良くモテる男も、こんな体験はしていないだろう。

二人分の長めの放尿を浴び、喉を潤し、やがて徐々に流れが弱まって、間もなく二人とも治まってしまった。

敏五は滴る雫をすすり、残り香の中でそれぞれの割れ目を舐め回した。

「アアッ……！」

二人とも熱く喘ぎ、新たな愛液を漏らすと残尿が消え去り、淡い酸味のヌメリが割れ目内部に満ちていった。

「あう、もういいわ。続きはベッドで……」

姫乃がビクッと股間を引き離すと、朱里も椅子に座り込んだ。

まだまだ時間はあるし、二人ともヤル気満々らしい。もちろん敏五も、すっかり回復しているので次の行為に期待と興奮を高めた。

もう一度三人でシャワーを浴び、身体を拭いてバスルームを出た。

全裸のままベッドに戻ると、また彼は真ん中に仰向けにされた。

そして二人で敏五の股間に屈み込むと、再び強烈なダブルフェラを開始してくれたのだ。

「ああ、気持ちいい……」

敏五は二人の舌と吸引に翻弄《ほんろう》され、うっとりと喘いだ。さすがに、もう暴発するような心配もない。

やがて混じり合った唾液でヌルヌルにされたペニスは、最大限に勃起した。

「ね、今度は私の中に出して」

姫乃が言い、身を起こして彼の股間に跨がってきた。

先端に割れ目を押し当てて腰を沈め、ヌルヌルッと一気に受け入れると、

「アアッ……、いい……、奥まで届くわ……」

姫乃が顔を仰け反らせて喘ぎ、やがて身を重ねてきた。

横からは朱里が添い寝してピッタリと肌を密着させ、敏五も締め付けと温もりに高まっていった。

彼はまた二人分の乳首を順々に含んで舐め回し、さらに三人で顔を寄せ合い舌をからめた。

やがて姫乃が腰を動かしはじめ、彼も両膝を立てて尻を支えながらズンズンと股間を突き上げていった。溢れる愛液に律動が滑らかになり、すぐにもピチャクチャと音が聞こえてきた。

「ああ、すぐいきそうだわ……」

姫乃が収縮を強めて言ったが、彼女の吐息はほのかな甘さが含まれているだけなので、敏五はシナモン臭のする朱里の口ばかり嗅いで酔いしれた。

「匂いが濃い方がいいの？」

察したように姫乃が囁き、彼は頷いた。

すると、この人間ポンプ美女は空気を呑み込み、近々と彼の鼻に口を寄せるなり、ケフッとおくびを洩らしてくれたのだ。熱い吐息は胃の中の生臭い匂いを濃く籠もらせ、敏五の鼻腔を悩ましく刺激してきた。

「うわ、いきそう……」

「変な子ね……」

美女の刺激臭というギャップ萌えに彼が歓喜に喘ぐと、見ていた朱里が呆れたように呟いた。

さらに彼は二人の顔を抱き寄せ、また顔中を舐めてもらった。

二人分の唾液で顔中ヌルヌルにされ、彼は唾液と吐息の匂いに酔いしれながら股間の突き上げを強めて絶頂を迫らせた。

すると、先に姫乃の膣内が激しい収縮を開始した。

「い、いっちゃう……、アアーッ……！」

姫乃が声を上ずらせて喘ぎ、ガクガクと狂おしく絶頂の痙攣を起こした。

その勢いと収縮に巻き込まれ、敏五も続いて昇り詰めてしまった。

「いく……！」

声を絞り出し、大きな快感とともにありったけのザーメンがドクンドクンと勢いよく中にほとばしった。

「あう、いい……！」

噴出を感じた姫乃が呻き、ザーメンを飲み込むようにキュッキュッときつく締め上げた。

敏五は心ゆくまで快感を噛み締め、最後の一滴まで出し尽くし、満足しながら徐々に突き上げを弱めていった。そしてグッタリと身を投げ出すと、

「ああ……」

姫乃も声を洩らし、強ばりを解いて遠慮なく彼に体重を預けてきた。

やがて互いの動きが完全に止まっても、まだ膣内は名残惜しげな収縮を繰り返し、刺激された幹がヒクヒクと過敏に跳ね上がった。

「も、もう充分……」

姫乃が言って荒い息遣いを繰り返し、彼は二人分の吐息を間近に嗅ぎながら、うっとりと快感の余韻に浸り込んでいった。

もうこれで、一度昼寝でもしない限り、しばらくは勃たないかもしれない。

「朱里先輩、もう少し待って下さいね……」

「ううん、私はもう充分に満足したから今日はいいわ」

囁くと、朱里が答えた。

敏五は少し安心し、二人の温もりの中で呼吸を整えたのだった。

4

「時間ある？　来てほしいのだけど」

夜、美沙から呼び出しがあった。

もちろん敏五は、一瞬で淫気を高めて自室を出た。

午後、あれから3Pを終え、敏五は夕方まで体を休めて眠ったのだ。

そしてすっかり回復して起き、夕食と風呂を済ませた頃、真希子と由希の母娘が帰ってきた。

今は夜八時半で、どうやら美沙は戻ってきたばかりのようだ。

螺旋階段で一つ下の四階に下りると、姫乃の部屋はひっそりしていた。

敏五は美沙の部屋のドアをノックし、すぐに招き入れられた。

やはり帰ったばかりのようで、まだ美沙は外出着のままであった。

「ごめんね、少し飲んでいい気分だったから」

美沙が上着を脱ぎながら言う。

今日は大学で女子空手部の後輩のコーチをしてから、夜は皆で夕食して一杯やってきたようだった。確かに頬がほんのり赤く、甘ったるい汗の匂いも濃厚に漂って敏五は激しく勃起してきた。

3Pも良いが、それは開放的すぎて、やはり秘め事は一対一の密室の方が淫靡さが増す気がした。

「しても良ければ脱いで」

美沙は、話などよりそれが目的のようだった。

言われて彼は頷き、嬉々として脱ぎはじめると、彼女も脱いでいった。

「本当は、一日中動き回ったからシャワー浴びたかったけど、もしかして匂いがする方が好きかと思って、それで帰ってすぐ電話したの」

「ええ、その方が嬉しいです」

「恥ずかしいけど、私も待ちきれないから」

美沙は言い、見る見る引き締まった肢体を露わにしていった。

やがて敏五は全裸になり、美沙の体臭の沁み付いたベッドに横たわった。

「すごい勃ってるわ。嬉しい」

美沙も彼の股間を見て言い、最後の一枚を脱ぎ去ってベッドに上ってきた。

そして真っ先に彼の股間に屈み込み、幹に指を添えて先端にチロチロと舌を這わせはじめた。

舌先を尿道口に潜り込ませるように押し付け、張り詰めた亀頭をしゃぶり、スッポリと根元まで深々と呑み込んできた。

「ああ……」

敏五は快感に喘ぎ、股間に熱い息を受けながら幹を震わせた。

美沙は吸い付きながら舌をからめ、顔を上下させスポスポと濡れた口で摩擦しはじめ、彼は急激に高まってきた。

しかし彼女も幹の震えで察したように、たっぷりと生温かな唾液で彼自身をまみれさせると、スポンと口を離し、陰嚢をしゃぶってくれた。

睾丸を転がし、さらに彼の両脚を浮かせると、内腿から尻まで小刻みに歯を食い込ませてきた。

「あう……」

くすぐったいような痛いような感覚に呻くと、すぐに彼女は肛門を舐めてくれた。

充分に濡らすとヌルッと舌を潜り込ませ、舌を蠢かせると勃起したペニスがヒクヒクと上下した。

「アア、気持ちいい……」

敏五は、美女の舌先を肛門で締め付けながら喘いだ。

ようやく舌を抜くと、彼女は再び強ばりをしゃぶってから口を離し、添い寝してきた。

「して、好きなように」

美沙が言って身を投げ出すと、身を起こした敏五はまず彼女の大きく逞しい足裏に顔を迫らせていった。

硬い踵に舌を這わせ、太い足指の間に鼻を割り込ませると、

「あう、そこから……？」

美沙が呻き、もちろん拒まず好きにさせてくれた。

さすがに半日以上動き回っていたせいか、指の股は生ぬるい汗と脂にジットリと湿り、ムレムレの匂いが濃厚に沁み付いて鼻腔を刺激してきた。

彼は蒸れた匂いを貪ってから、爪先にしゃぶり付いて順々に指の股にヌルッと舌を潜り込ませて味わった。

「あァッ……、くすぐったくて、いい気持ち……」

美沙が熱く喘ぎ、彼は両足とも全ての指の股の味と匂いを貪り尽くしていった。

大股開きにさせると、脚の内側を舐め上げ、ムッチリと引き締まった内腿を舌でたどった。指で肌を摘んで歯を立てると、

「あう、もっと強く……」

強い刺激の好きな美沙が呻き、クネクネと腰をよじらせて反応した。

彼も左右の内腿を舌と歯で愛撫しながら前進し、熱気の籠もった股間に迫った。

すでに割れ目はヌラヌラと大量の愛液に潤い、敏五は吸い寄せられるように顔を埋め込んでいった。

茂みに鼻を擦りつけて嗅ぐと、甘ったるい汗の成分が蒸れており、それにほのかな残尿臭も混じって鼻腔が掻き回された。

「ああ、恥ずかしい……」

執拗に鼻を鳴らして嗅ぐものだから、美沙は羞恥に声を震わせ、内腿でキュッときつく彼の顔を挟み付けてきた。

胸を満たしながら舌を挿し入れ、淡い酸味のヌメリを掻き回しながら、膣口から大きめのクリトリスまで舐め上げていくと、

「アアッ……、いい……！」

美沙が内腿の締め付けを強め、顔を仰け反らせて喘いだ。

腹筋の浮かぶ腹がヒクヒクと波打ち、彼女はすっかり高まったように自ら両の乳房を揉みしだいていた。

親指の先のように突き立ったクリトリスに吸い付き、軽く前歯でコリコリ刺激すると、潮《しお》を噴いたかのように愛液の量が増した。

さらに彼は美沙の両脚を浮かせ、尻の谷間に閉じられた蕾に迫った。

僅かに突き出た肛門は、上下左右に小さな乳頭状の突起があり、椿の花弁のように艶めかしかった。

鼻を埋めて悩ましく蒸れた微香を嗅ぎ、舌を這わせて蕾を濡らしてからヌルッと潜り込ませ、ほのかに甘苦く滑らかな粘膜を探った。

そして舌を出し入れさせるように蠢かせてから、再び割れ目に戻って大洪水のヌメリをすすり、クリトリスに吸い付いた。

「い、入れて……、でもその前に、これをお尻に入れて……」

と、美沙が言ってベッドの枕元にある引き出しから何かを取り出して手渡した。

見ると、それは楕円形をしたピンクのローターである。

敏五は、それを唾液に濡れた肛門に当て、指の腹で押し込んでいった。

「あうう……、もっと深くまで……」

美沙がモグモグと蕾を収縮させ、深々と呑み込んだ。

とうとう奥まで入ってローターが見えなくなり、あとは肛門からコードが伸びて電池ボックスに繋《つな》がっているだけだ。

スイッチを入れると、奥からブーンと低く、くぐもった震動音が聞こえてきた。

「アア……、前に入れて、お願い……」

美沙が脚を下ろして言うので、敏五も身を起こして股間を進めた。

濡れた割れ目に先端を押し当て、ゆっくり挿入していくと、肛門が異物で塞がっているせいか前の時より膣の締まりが増していた。

根元まで押し込んで股間を密着させると、間の肉を通してペニスの裏側にも妖しい震動が伝わってきた。

実に新鮮な感覚である。動かなくても、震動の刺激が心地よく、内部でヒクヒクと歓喜に幹が震えた。

股間を密着させながら脚を伸ばし、身を重ねて屈み込み、左右の乳首を交互に吸って舌で転がした。もちろん前歯でコリコリと両の乳首を刺激すると、美沙が彼の舌で激しく悶えた。

顔中で膨らみを味わい、さらにジットリ汗ばんだ腋の下にも鼻を埋め、濃厚に甘ったるい汗の匂いでうっとりと胸を満たした。

「ああ……、突いて……」

美沙が言い、下から両手を回して彼を抱き留めると、待ち切れずにズンズンと股間を突き上げはじめてきた。

敏五も合わせて腰を突き動かし、何とも心地よい締め付けと震動、肉襞の摩擦と温もりに高まっていった。愛液が動きを滑らかにさせ、クチュクチュと湿った摩擦音も聞こえてきた。

ほんのり汗の味のする首筋を舐め上げ、上からピッタリと唇を重ねると、

「ンン……」

美沙が熱く呻き、自分からヌルリと舌を潜り込ませてきた。

彼もチロチロと舌をからめ、生温かな唾液に濡れて滑らかに蠢く舌を味わった。

「アア……、いきそうよ……」

美沙が口を離し、唾液の糸を引きながら熱く喘いだ。

開いた口に鼻を押し込んで嗅ぐと、ほのかなアルコールの香気に混じり、彼女本来

の花粉臭に加え、さらに夕食後の濃厚な匂いがミックスされて艶めかしく彼の鼻腔を刺激してきた。淡いミントの香りに、悩ましいガーリック臭も感じられるので、夕食は焼き肉屋だったらしい。

濃い吐息を嗅ぎながら、次第に勢いを付けて律動すると、さらに膣内の収縮と愛液の分泌が活発になってきた。

「い、いく……、アアーッ……！」

たちまち彼女はオルガスムスに達し、声が大きいのを気にしていたのに我を忘れて激しい声を洩らした。

同時に敏五も昇り詰め、大きな快感に全身を貫かれてしまった。

「く……！」

短く呻き、熱いザーメンをドクンドクンと勢いよく注入した。

「あう、出ているのね、もっと……！」

噴出を感じた美沙が呻き、彼を乗せたままブリッジするように何度も腰を跳ね上げて反り返った。

敏五は快感を味わい、心置きなく最後の一滴まで出し尽くすと、徐々に動きを弱めて、頑丈な美沙に身を預けていった。

「ああ……」

美沙も満足げに声を洩らし、強ばりを解いて四肢を投げ出した。

互いに完全に動きが止まっても、まだ直腸内のローターが中で暴れ、ペニスにも振動が伝わっていた。

彼自身は振動と収縮に刺激され、ヒクヒクと過敏に震えた。

そして熱く喘ぐ吐息を間近に嗅いで胸を満たしながら、うっとりと快感の余韻を味わったのだった。

美沙は、まるで失神でもしたように目を閉じ、力を抜いて荒い息遣いを繰り返している。やがて敏五はそろそろと身を起こし、きつい膣口からヌルッと股間を引き離していった。

そしてティッシュで手早くペニスを拭いながら、電池ボックスのスイッチを切り、コードを指に巻き付けて切れないよう注意深く、ローターを引き抜きにかかった。

見る見るピンクの肛門が丸く押し広がり、ローターが顔を覗かせた。

「あう……」

美沙が呻き、排泄するように息んで肛門をモグモグさせた。

やがてツルッと抜け落ちると、一瞬粘膜を覗かせた肛門も、すぐに閉じられて元の花弁に戻っていった。

ローターに汚れの付着はないが、微かに表面が曇り、微香が感じられた。彼はティッシュに包んで置き、美沙の割れ目も拭いてやった。

「いいわ、シャワー浴びるから……」

ようやく自分を取り戻したように、彼女はかすれた声で言ってノロノロと身を起こし、敏五も一緒にベッドを降りてバスルームに移動した。

5

「ね、オシッコしてみて」

例によって敏五は、シャワーを浴びたあと美沙に求めてしまった。

濡れて良いバスルームでのオシッコプレイは、もう彼の中で常識だった。

床に座り込んで、美沙を目の前に立たせると、彼女も股を開いて股間を突き出してくれた。

「こう……？」

美沙は、自ら両の人差し指でグイッと陰唇を広げて言った。

光沢ある大きめのクリトリスがツンと突き出て、何やらそこから放尿しそうな感じがする。

腰を抱き寄せて顔を埋めると、もう匂いは薄れてしまっていた。チュッとクリトリスに吸い付き、舌を挿し入れて膣口を掻き回すと、

「アア……、いいのね、出そうよ……」

美沙が息を詰めて言い、引き締まった腹部をさらに緊張させて腹筋を浮き上がらせた。なおも舐めたり吸ったりしていると、

「あう、出る……」

彼女が言うなり柔肉内部が蠢き、チョロチョロと熱い流れがほとばしってきた。

敏五は舌に受けて味わい、他の女性よりやや濃い味わいと匂いに酔いしれながら、少しずつ喉に流し込んでいった。

「ああ、飲んでるの、信じられない……」

美沙が驚いて言い、腰をくねらせるたび流れが揺らいで彼の顔中をビショビショにさせた。

肌を伝う流れがペニスを温かくしたし、また彼自身はムクムクと回復していった。

あと一回、寝しなに射精すればすっきりと眠れることだろう。

敏五は味と匂いを堪能し、美沙も両手で彼の頭を押さえつけながら、遠慮なく勢いを付けて放尿した。

「アア、変な気持ち……」

彼女が膝をガクガクさせながら、恐らく初めてであろう体験に息を震わせた。

美沙が今まで出会ったのは体育会系の男だけだろうから、マニアックなプレイなど好むものはおらず、体力や精力はあっても一様に一辺倒な挿入が主流だったに違いない。

ようやく流れが治まると、敏五は悩ましい残り香の中で余りの雫をすすり、割れ目を舐め回した。すると新たな愛液が湧き出し、淡い酸味のヌメリで舌の動きが滑らかになった。

「あうう、もういいわ、感じすぎる……」

美沙が言って腰を引き、彼の向かいに座り込んできた。そして勃起した彼の強ばりに触れてきた。

「何度でも出来るのね。でも私は今夜はもう充分だわ。お口で良ければ」

両手でペニスを包み込み、揉みながら言う。

「ええ、じゃ、いきそうになるまで指でお願いします」

敏五はバスタブに寄りかかり、彼女の両手で刺激してもらいながら、顔を引き寄せて唇を重ねた。

舌を差し入れて生温かな唾液を味わうと、彼女も指を蠢かせながらネットリと舌をからめてくれた。

さらに美沙の口に鼻を押し込み、アルコールの匂いの混じった濃厚な吐息を嗅いで鼻腔を刺激されながら胸を満たすと、ペニスは彼女の手のひらの中で最大限に膨張していった。

やがて充分に高まると、敏五は身を起こしてバスタブのふちに腰掛け、彼女の目の前で両膝を全開にさせた。

美沙も顔を寄せて先端を舐め回し、亀頭を含んで吸いながら、両手で幹を錐揉《きりも》みにしてくれた。

さらに顔を前後させ、スポスポとリズミカルな摩擦を開始した。

「ああ、気持ちいい、いきそう……」

敏五は快感を高めながら喘ぎ、美沙の舌の蠢きと唾液のヌメリ、唇の摩擦と吸引に絶頂を迫らせていった。

「顔にかけて……」

すると美沙が言い、彼が果てるまで亀頭をしゃぶってくれた。

「い、いく……、アアッ……！」

たちまち敏五は大きな快感に包まれて喘ぎ、ありったけの熱いザーメンをドクンドクンと勢いよくほとばしらせた。

「クッ……」

第一撃を喉の奥に受けると美沙は喘ぎ、口を離して両手の錐揉みを続けた。

余りのザーメンが凛然《りんぜん》とした美しい顔中に飛び散り、白濁の雫が涙のように頰を伝い流れ、淫らに顎から滴った。

口内より、美しい顔を汚していくのは実に興奮するものがあった。

もちろん美沙は、口に飛び込んだ第一撃は飲み込み、なおも舌を伸ばして噴出を受け止めてくれた。

整った鼻筋もヌルヌルになり、流れ落ちるそれを舌で拭いながら、彼女は念入りに尿道口を舐め回した。

「ああ……」

敏五は快感に喘ぎながら、心置きなく最後の一滴まで絞り尽くした。

そして肌の強ばりを解いて力を抜くと、美沙も徐々に錐揉みの愛撫を弱めてゆき、顔中を汚しながら先端に舌を這わせてくれた。

「も、もういいです……」

すっかり満足した敏五は、なおも続く舌の蠢きにヒクヒクと過敏に幹を震わせて言った。

ようやく美沙も舌を引っ込め、幹から指を離した。

「ああ、男の匂い……」

彼女は言い、パックでもするように両手のひらで顔中にザーメンを塗り付けた。

敏五が床に下りて座り、余韻に浸ると、美沙がシャワーの湯で彼の股間を流し、自分も名残惜しげに顔を洗った。

「さあ、お互いぐっすり寝られそうね」

彼女が言って身を起こすと、敏五も全身を拭いてバスルームを出た。

身繕いをすると、美沙もすぐにパジャマに着替え、このまま寝るようだった。

「じゃ、おやすみなさい」

「ええ、すっきりしたわ。有難う」

言うと美沙が答え、敏五は彼女の部屋を辞した。

階段で五階に上がり、自室に入ると彼もすぐベッドに横になった。

（今日も大満足の一日だったな……）

敏五は思い、暗い部屋で目を閉じた。

年もだいぶ押し詰まり、今年も終わりに近づいていた。

中には年末年始に帰省するものもいるだろうから、休業の日取りも真希子に聞いておかないとならない。

敏五も、混雑具合を見ながら合間に一度帰省しようと思っていた。

そして明日は、誰とどんな体験が出来るのだろうと思っているうち、いつしか彼は深い眠りに落ちていった……。


――翌日も、実に来客が多かった。

一日の前半は主婦層で、後半は女子高生が主流となる。

相変わらず、タイプの違う五人は平均的に女性たちに人気があり、誰かが暇になるようなことはなかった。

敏五は、受付で客の応対をするたびに、身を乗り出して予約をしてくる主婦や女子高生たちのかぐわしい吐息に酔いしれ、艶めかしい興奮に思わず股間を熱くさせてしまった。

午前中の営業を終えると、いつものように昼食は二階のオフィスで、敏五が買ってきたものを皆で食べて談笑し、また午後の仕事に入り、一日が終わると各自は部屋へと引っ込んだ。

真希子に訊くと、年内はギリギリまで営業し、大晦日から年明けに掛けて連休になるらしい。その予定で、彼も帰省の計画を立てようと思った。

敏五は、なるべくインスタントものから、総菜を中心にしたヘルシーな夕食を取るようになっていた。

幸い体重も徐々に減っているが、まだ食生活の改善による効果はないだろうから、大部分は女性たちとの行為でカロリーを消費しているのだろう。

もちろん洗面所の鏡を見てもやつれた様子はなく、むしろ引き締まりはじめて嬉しかった。

やがて夕食後に入浴と歯磨きを済ませ、寝巻代わりのジャージに着替え、そろそろ誰かから呼び出しはないものかと期待した。

すると、果たして壁の内線電話が鳴り、出ると三階の由希からだった。

「まだ寝ませんよね。良ければ来ませんか」

「うん。じゃ、すぐ行くね」

可憐な声で言われた彼は答え、彼は急激に勃起しながら部屋を出て、いそいそと三階まで階段を下りていった。

そして唯一年下の美少女の部屋に入ると、

「え……、どうしたの、それ……」

敏五は、出迎えた由希の姿を見て目を丸くしたのだった。

第六章　五人相手に性の儀式

1

「わあ、何て可愛い……」

部屋に招き入れられた敏五は、あらためて由希の姿を見た。

何と彼女は、可憐なセーラー服姿になっていたのである。

「毎日女子高生を相手にしているから、つい私も着たくなって」

由希が羞じらいに頬を染めて言う。

どうやら実際に、彼女自身が女子高時代に着ていたものらしい。

白い長袖《そで》のセーラー服で、襟《えり》と袖は三本の白線の入った濃紺。スカーフは白、スカートはやはり濃紺で、白いソックスを履いている。

未亡人のセーラー服姿というのも奇妙なものだが、実際には今年の三月の卒業式まで、彼女はこれを着ていたのだから、ほんの十ヶ月ほど前のことである。

それほど体型も変わらず、顔立ちも幼げだから良く似合い、これで外を歩けば誰もが現役の女子高生と思うことだろう。

ただ、その十ヶ月の間に、彼女は短大生になって結婚して退学し、未亡人になったという慌ただしさだった。

「その姿で占いしたら、もっと人気が出るんじゃないかな」

「さすがにそれは恥ずかしいです」

由希は言い、すぐにも彼を奥のベッドに誘うので、この姿を見てもらいたかった以上に、欲求を解消したいようだった。あるいは、この制服を着て処女の気分に戻って敏五としたいのかも知れない。

彼は気が急《せ》くように手早くジャージ上下と下着を脱ぎ去り、全裸になってベッドに横たわった。

枕には、やはり髪の匂いや汗、涎《よだれ》などのミックスされた美少女の匂いが沁み付いていて、鼻腔を刺激された敏五はムクムクと勃起していった。

「由希ちゃんは、脱がずにそのままでいいからここへ座って」

せっかくのセーラー服姿をもっと愛《め》でていたいので、彼はそう言って下腹を指した。

由希も羞じらいを含んでモジモジと制服姿のままベッドに上り、言われるまま彼の下腹に座り込んでくれた。

スカートの裾をめくって腰を下ろすと、下腹に湿った割れ目が密着してきたので、どうやらノーパンのようだ。

「じゃ脚を伸ばして顔に乗せてね」

言いながら足首を摑んで引き寄せ、立てた両膝に彼女を寄りかからせた。

「あん……」

由希は、彼に全体重を掛けて声を洩らし、バランスを取るたび割れ目が強く押し付けられた。

敏五はソックスの爪先に鼻を埋めて嗅いだが、洗濯済みのものを履いたばかりらしく、大した匂いは感じられなかった。両のソックスを脱がせ、素足の裏を顔中に押し付け、舌を這わせながら縮こまった指の間に鼻を押し付けて嗅ぐと、ようやく蒸れた匂いが鼻腔を刺激してきた。

もう女性たちも、みな敏五の性癖を知ったようで、常に入浴前に呼んでくれるのが嬉しかった。

彼は両の爪先に鼻を割り込ませ、汗と脂に湿り、ムレムレの匂いを貪ってからしゃぶり付いた。

「あう、くすぐったいわ……」

由希が呻き、むずかるように腰をくねらせると、密着した割れ目の潤いが増してくる様子が下腹に伝わってきた。

敏五は美少女の爪先を、両方とも念入りにしゃぶり、全ての指の股に舌を挿し入れて味わい尽くした。そして足首を摑んで顔の左右に置くと、手を引いて由希を前進させた。

「アア……」

由希が喘ぎ、和式トイレスタイルで完全に彼の顔にしゃがみ込んできた。

スカートが目の前を覆い、生ぬるい薄暗がりの中にムッチリした内腿と濡れた割れ目が迫った。

まるで女子高生のトイレ姿を、真下から見ているような興奮が湧いた。

張り詰めて量感を増した内腿に頰ずりしてから、彼は中心部を見上げた。

ぷっくりした割れ目からピンクの花びらがはみ出し、蜜を宿してヌラヌラと潤っている。

若草に鼻を埋め込んで嗅ぐと、今日も甘ったるく蒸れた汗の匂いに、ほのかにオシッコの匂いと淡いチーズ臭が混じり、馥郁《ふくいく》と鼻腔を掻き回してきた。

「いい匂い」

「あん、嘘……」

犬のように鼻を鳴らしながら言うと、由希が腰をくねらせて喘いだ。

嗅ぎながら舌を挿し入れ、清らかな蜜を舐め取りながら息づく膣口を探り、ゆっくりと小粒のクリトリスまで舐め上げていった。

「アアッ……！」

由希が喘ぎ、キュッと彼の顔に股間を押しつけてきた。

敏五は可憐な匂いに噎《む》せ返りながらクリトリスを吸い、味と匂いを堪能してから、大きな水蜜桃《すいみつとう》のような尻の真下に潜り込んでいった。

顔中にひんやりした双丘を受け止め、谷間の蕾に鼻を押し付けて嗅ぐと、蒸れた微香が籠もっていた。

舌先でチロチロと襞をくすぐり、ヌルッと潜り込ませると、

「あう……」

由希が呻き、キュッと肛門で舌先を締め付けてきた。

彼が滑らかな粘膜を探ると、割れ目から新たな蜜がトロリと漏れて鼻筋を生ぬるく濡らした。

やがて舌を移動させ、再び割れ目を舐めてヌメリをすすり、クリトリスにチュッと吸い付くと、

「も、もうダメ……」

由希が息を詰めて言い、しゃがみ込んでいられなくなったように股間を引き離してしまった。そのまま移動し、彼が大股開きになると真ん中に腹這ってきた。

敏五が自ら両脚を浮かせて抱え、尻を突き出すとすぐに由希も厭わずチロチロと肛門を舐め回し、ヌルッと舌を潜り込ませてくれた。

「あう、気持ちいい……」

彼は妖しい快感に呻き、モグモグと肛門を締め付けて美少女の舌先を味わった。

由希も熱い鼻息で陰嚢をくすぐりながら、中で念入りに舌を蠢かせてくれた。

やがて脚を下ろすと、彼女も自然に舌を引き離し、鼻先にある陰嚢をヌラヌラと舐め回してきた。

二つの睾丸が転がされ、袋全体が充分に唾液にまみれた。

そして彼がせがむように幹をヒクつかせると、由希も前進してきた。

肉棒の裏側を滑らかな舌が這い上がり、先端に来ると粘液の滲む尿道口をチロチロと舐め、亀頭をくわえてスッポリと喉の奥まで呑み込んだ。

「ああ、いい……」

敏五は喘ぎ、股間を見ると可憐なセーラー服の美少女が深々と含んで吸い付いている。その眺めだけで彼は暴発しそうになってしまった。

熱い鼻息が恥毛をくすぐり、彼女は幹を締め付けて吸い、口の中ではクチュクチュと舌をからめてくれた。

たちまち彼自身は、生温かく清らかな唾液にまみれ、高まってヒクヒク震えた。

すると由希がチュパッと口を離して顔を上げ、

「入れてもいいですか……」

頰を染めて言う。

「うん、跨いで入れて」

彼が答えると、由希もすぐに身を起こして前進し、裾をめくって跨がってきた。

幹に指を添えて先端に濡れた割れ目を押し当て、ゆっくり腰を沈めながらヌルヌルッと滑らかに膣口に受け入れていった。

「あぁッ……！」

由希が根元まで押し込んで股間を密着させると、顔を仰け反らせて喘いだ。

敏五も熱く濡れた膣内の温もりと締め付け、肉襞の摩擦に包まれながら快感を嚙み締めた。

由希は上体を起こして、硬直を味わうようにキュッキュッと締め付けている。

彼は手を伸ばし、セーラー服の裾をめくり上げていった。するとノーブラで、すぐに張りのあるオッパイが弾むようにはみ出してきた。

抱き寄せて潜り込み、ピンクの乳首にチュッと吸い付いて舌で転がし、顔中に膨らみを受け止めた。

「アア……、いい気持ち……」

由希が潤いと締め付けを増して喘ぎ、彼の上でクネクネと悶えた。

敏五は左右の乳首を味わい、さらに乱れたセーラー服に潜り込んでジットリ湿った腋の下にも鼻を埋め、生ぬるく蒸れて甘ったるい汗の匂いで胸を満たした。

そして充分に嗅ぐとセーラー服から出て、彼女の顔を引き寄せ、ピッタリと唇を重ねた。

「ンン……」

舌を挿し入れて滑らかな歯並びを舐めると、由希も熱く呻いて歯を開き、チロチロと舌をからめてくれた。

彼女の鼻息で鼻腔を湿らせながら、可憐な舌を舐め回し、滑らかに蠢く舌を味わった。そしてズンズンと小刻みに股間を突き上げはじめると、

「ああっ……、いきそう……」

由希が口を離し、声を洩らした。

美少女の口から吐き出される吐息は熱く湿り気を含み、何とも甘酸っぱい芳香が濃く彼の鼻腔を刺激してきた。

由希は、自分の息の匂いがどれほど男を酔わせるか分からないのだろう。

敏五は鼻を押し付けて嗅ぎながら、次第に突き上げを強めていった。

溢れる愛液でペニスが滑らかに抽送《ちゅうそう》し、スカートに覆われた二人の接点から、ピチャクチャと湿った摩擦音が聞こえてきた。

「唾を垂らして」

「出ないわ……」

せがむと、喘ぎすぎて口が渇いているように由希が答えた。

「レモンをかじることを思い浮かべて」

さらに言うと、由希もようやく分泌できたように可憐な唇をすぼめて迫り、白っぽ

く小泡の多い唾液をトロトロと吐き出してくれた。

それを舌に受けて味わい、うっとりと喉を潤しながら彼も高まった。

「顔中ヌルヌルにして……」

言うと由希も息を弾ませながら舌を伸ばし、彼の鼻の頭から頰、瞼までチロチロと舌を這わせてくれた。

生温かな唾液のヌメリと、甘酸っぱい果実臭の吐息に酔いしれ、とうとう敏五も絶頂に達してしまった。

「いく……、アアッ……！」

快感に貫かれて喘ぐと同時に、熱い大量のザーメンが勢いよくドクンドクンと彼女の中にほとばしった。

「あ、熱いわ……、ああーッ……！」

噴出を感じて由希もオルガスムスに達し、声を上ずらせてガクガクと狂おしい痙攣を繰り返した。

敏五は心ゆくまで快感を嚙み締め、最後の一滴まで出し尽くしていった。

満足しながら徐々に突き上げを弱めていくと、

「アア……、溶けてしまいそう……」

由希も声を洩らし、硬直を解いてグッタリともたれかかってきた。敏五はセーラー服越しの温もりと重みを感じながら、まだ息づく膣内でヒクヒクと過敏に幹を跳ね上げた。

そして美少女の吐き出すかぐわしい吐息を胸いっぱいに嗅ぎながら、うっとりと快感の余韻に浸り込んでいったのだった。

2

「少し痩せてきたようだけど、皆に精気を吸い取られている感じではないわね」

朱里が、敏五を部屋に呼んでそう言った。由希との交わりから翌日の夜である。

では朱里は、彼が全員と肌を重ねていることに気づいているのだろうか。それでも藪蛇《やぶへび》になるといけないので、それについて彼は答えなかった。

それより、早くも淫気を催して股間が突っ張っているのだ。

やはり以前から知っているメガネ美女の朱里は、敏五にとって姉のような憧れの存在である。

「未だに分かりません。何故僕がここにいるのか」

「モテる男は面倒だし可愛くないからでしょう。それよりは、何をしても感激してくれる男の方が、皆で育てる喜びがあるから」

また朱里は、彼が共有のもののように言う。

確かに、全員が申し合わせていなければ、こうもカチ合わず順々に相手をしてくれるわけもないのだ。

「間もなく、クリスマス・イヴだからパーティをするみたいよ」

「そうですか。それは楽しみです」

東西混ぜ合わせた五種類の占い師たちだが、それでもイヴは祝うものらしい。

「じゃ脱いで。姫乃さんとの三人も楽しかったけど、やはり二人きりがいいわ」

朱里も同じ思いだったように言い、自分から脱ぎはじめた。

敏五も手早くジャージ上下を脱ぎ去り、朱里の濃厚な匂いが沁み付いたベッドに横たわった。

彼女もすぐ一糸まとわぬ姿になり、いつものようにメガネだけはそのままに添い寝してきた。

敏五は甘えるように腕枕してもらい、腋の下に鼻を埋めて嗅いだ。

今日も控えめながら甘ったるい汗の匂いが籠もり、鼻腔が刺激された。

朱里も優しく抱いてくれ、彼の髪を撫で、そっと額に唇を触れさせてくれた。

「ああ、姉さん……」

「え？　私は姉なの？」

思わず呟くと、朱里が聞きとがめたように言った。

「姉みたいなもの……」

「そう、姉に対してこんなふうに勃《た》ってしまういけない子なのね」

朱里は囁き、そっと彼の強ばりに指先で触れてきた。敏五は鼻先にある乳首に吸い付き、舌で転がして、もう片方にも指を這わせた。

「ああ、いい気持ちよ……」

彼女が、ペニスをニギニギと弄《もてあそ》びながら熱く喘いだ。

敏五は朱里の吐息を求めて顔を寄せ、シナモン臭の刺激を嗅いでうっとりと鼻腔を満たした。

「この匂い好き。小さくなって身体ごとお口に入りたい……」

「それで？」

「細かく嚙んで飲み込んでほしい」

「食べられたいの？」

「うん、おなかの中で溶けて美女の栄養にされたい……」

彼は言いながら、朱里の手のひらの中でヒクヒクと幹を震わせた。

すると朱里が顔を寄せて唇を重ね、舌をからめてから彼の鼻の穴を舐め、頬にも甘く歯を立ててくれた。

「アア、気持ちいい……」

敏五が喘ぐと、朱里も上になって彼の耳たぶを噛み、首筋を舐めて乳首を噛み、徐々に肌をたどって股間に顔を迫らせてきた。

そして先端に舌を這わせはじめると、敏五も彼女の下半身を引き寄せ、女上位のシックスナインを求めた。

朱里も、深々とペニスを含みながら彼の顔に跨がり、割れ目を迫らせてくれた。

下から腰を抱え、潜り込むようにして恥毛に鼻を埋め、汗とオシッコの蒸れた匂いを貪ってから、すでに濡れている割れ目に舌を這い回らせた。

「ンンッ……」

クリトリスを舐めると、朱里が熱く呻きながら反射的にチュッと強く亀頭に吸い付いてきた。

互いに最も感じる部分を舐め合い、股間に熱い息を籠もらせた。さらに彼は伸び上がり、ピンクの肛門に鼻を埋めて嗅ぎ、舌を這わせて潜り込ませた。

「あう……」

朱里は呻き、肛門でキュッと舌先を締め付けながら、懸命におしゃぶりを続けた。

やがて互いに充分に舐め合うと、

「入れて……」

朱里が言い、移動して仰向けになってきた。今日は下になりたいらしい。

彼も身を起こし、正常位で朱里の股間に、自らの股間を進めていった。

先端を擦りつけて位置を定め、感触を味わいながらゆっくり挿入していくと、

「アアッ……、いい……！」

朱里が顔を仰け反らせて喘ぎ、ヌルヌルッと滑らかに根元まで受け入れていった。

彼も肉襞の摩擦を味わいながら股間を密着させ、脚を伸ばして身を重ねていった。

朱里が下から激しく両手を回してしがみつき、すぐにもズンズンと股間を突き上げてきた。

敏五も腰を突き動かし、柔らかく弾む乳房を胸で押しつぶしながら、温かく濡れて上下に締まる感触に高まっていった。

次第に激しく動きながら、上から彼女の口に鼻を押し込み、熱く湿った吐息を嗅い

で絶頂を迫らせた。

朱里も彼の鼻をしゃぶり、お行儀悪くピチャピチャと音を立てて貪りながら、舌先を左右の鼻の穴に潜り込ませてくれた。

たちまち彼は、メガネ美女の唾液と吐息の匂いに包まれ、締め付けの中で昇り詰めてしまった。

「い、いく、気持ちいい……！」

激しい快感に口走り、熱いザーメンをドクンドクンと勢いよく中に放った。

「あう、すごい……、アアーッ……！」

朱里も同時に声を上げ、ガクガクと狂おしいオルガスムスの痙攣を開始した。

締まる膣内でペニスが暴れ回り、彼は快感を噛み締めながら心置きなく最後の一滴まで出し尽くしていった。

すっかり満足しながら腰の動きを弱めていくと、

「ああ、良かったわ、すごく……」

朱里も声を洩らして力を抜き、グッタリと四肢を投げ出していった。やはり3Pと違い、男を一人で独占する方が良いようだった。

まだ収縮を繰り返す膣内で、幹がヒクヒクと過敏に跳ね上がり、それに合わせて応えるように彼女もキュッキュッと締め付けてくれた。

そして敏五は遠慮なく朱里に身を預け、悩ましい吐息を嗅ぎながらうっとりと余韻を味わったのだった。

呼吸を整えながら、ここの女性たちは外に男を作ったりしないのだろうか、と彼はふと思った。この建物が唯一の世界で、まるで彼がたった一人の男として存在しているようである。

まあ、彼女たちがそれで良いなら、敏五は全く構わないのだが、いつまでこの均衡が保てるのかと、少々不安な気持ちも湧き上がったのだった。

3

「今夜、夕食を終えたら一階へ来て」

夕方、仕事を終えると真希子が敏五に言った。

「分かりました。では」

彼は答え、五階の自室に戻った。今日はクリスマス・イヴだから、朱里の話ではパーティがあるかと期待していたのだが、どうやら夕食は各自で済ませるということらしい。

では、夕食のあとに飲み会でもあるのだろう。一階というので、集合してどこかへ皆で出向くのかも知れない。

敏五は思い、総菜とレトルトライスで夕食を済ませた。そして入浴と歯磨きを終えて、飲み会ならばジャージではないほうが良いと思い、普通に服を着て、エレベーターで一階へと下りていった。

今年も残り一週間、休日があるので仕事もあと四日間だ。

もう玄関のカーテンは閉められ、各部屋にいる女性たちも、順々に降りてくることだろう。

「こっちよ」

と、受付の向こうから真希子が姿を現し、彼を招いた。

行くと、何と裏口の脇にあるドアを開けたのだ。前から、何のドアかと気になっていた場所である。

真希子に従い、中に入ると、すぐに下りの階段になっていた。

「ち、地下があったんですか、このビルに」

敏五は驚き、やがて真希子と一緒に下に降り立った。

彼女が灯りを点けると、そこは直径五メートルほどの円形のフロアになっていた。五方向の壁には灯りが点き、部屋全体は柔らかな光に包まれている。床にはカーペットが敷き詰められ、五大（地水火風空）を表わす大きな五芒星が描かれていた。

地下にはエレベーターも螺旋階段もないので、何ら邪魔のない円形の部屋で、五芒星の中央には色違いの丸い敷物があった。

「ここは瞑想《めいそう》するための部屋なの。建物の天辺から宇宙の気を吸収して、このフロアに集めるの。しかも真ん中の丸い台は回転するようになって、四方八方から気がもらえるのよ」

真希子が言う。言ってみれば、この丸い台は中華料理屋の円卓のように回転するものらしい。

「全部脱いで、真ん中に寝てみて」

真希子が、自分も服を脱ぎながら言い、彼は妖しい期待に股間を熱くさせながら脱いでいった。

敏五は全て脱ぎ去って服をカーペットの隅に置き、全裸で中央に進んだ。

膝を突いて丸い部分に触れて動かしてみると、確かに台は回転するようだ。以前にネットで見た、昭和の回転ベッドを低く一人用の小振りにしたような感じである。

言われるまま仰向けになってみると、天井には異様なものが描かれていた。

荒れ狂う竜のようだが、その首は五つあった。

「これは？」

訊くと、一糸まとわぬ姿になった真希子が近づいて答えた。

「これは、五頭竜《ごずりゅう》」

「ごずりゅう……」

五本の首を持つ竜だが、敏五は何となく知っていた。

「江ノ島弁天と結婚したのが、確か五頭竜。暴れて人を食っていたのを戒《いまし》められ、悪事を止めるなら夫婦になると言われて改心した……」

「ええ、よく知っているわね。でもそれは牡《おす》の五頭竜。天井画は牝《めす》」

真希子が巨乳を息づかせて言う。

確かに、一匹だけでなく、雄雌合わせていくらでも各地にいるのだろう。

「この牝の五頭竜は、ヤマタノオロチの妻」

言われても、何となく、そうですかと答える他なかった。

「そうか、オロチはスサノヲに退治されたから、この牝の五頭竜は未亡人か」

「そうよ、その通り。そしてこの五頭竜は、私自身でもあるの」

真希子が重々しく言うと、中央の敏五を囲む五芒星のトンガリの一つに優雅な仕草で腰を下ろした。

さらに、ゾロゾロと階段を下りてきた朱里ら四人が、すでに全裸になって五芒星のそれぞれの三角形に座し、仰向けの彼に体を向けて取り囲んだ。

まさに、大の字になった彼の五体の回りを、地水火風空の五人が座ったのだ。

地は落ち着きのある朱里、水はジューシーな姫乃、火は激しい美沙、風は可憐な由希、そして偉大な空が真希子だ。

今日は朱里もメガネを外し、何一つ身に着けていない。

全員が全裸で、母娘でも構わずこうした場にいるようだ。

みな禅を組むように胡座《あぐら》をかき、半眼になり黙って真ん中の敏五を見つめている。

まるで彼は、美しい五人の裸弁天にでも守られているかのようだ。

薄暗い地下室に、五人分の甘ったるい体臭が生ぬるく立ち籠めはじめた。

どうやらパーティではなく、儀式のようである。

「私は、いつしか未亡人の五頭竜と一心同体になっていたの。そしてこの面々が集まり、みな私の分身、私から伸びた首だと思うようになり、五人で一人に……」

真希子が静かに言う。それで好みも一致し、全員が敏五を愛でていたらしい。

「それで、これから……」

敏五が仰向けで勃起したまま訊くと、

「ええ、みなで一斉にあなたを賞味して、さらに心を一つにするわ」

真希子が答え、五人がゆっくり彼ににじり寄ってきた。

狂信的な雰囲気もあるが、まさか本当の竜のように彼が食い散らかされるわけではないだろう。

とにかく6Pという信じられない展開が始まりそうで、敏五の勃起は治まらなかった。母娘が混じっていても、彼女たちに抵抗が無ければ、彼が受け入れることに問題はない。

真っ先に真希子が、真上から覆いかぶさり、ピッタリと敏五に唇を重ねてきた。

顔が反対向きだから、見えるのは彼女の顎と首筋だ。

その代わり舌がからむと、互いの舌の表面同士が擦れ合うので、密着する面積が大きかった。

「ンン……」

真希子が小さく呻き、熱い鼻息が彼の喉元をくすぐった。

すると、さらに大の字になった彼の手足の指先に舌がからみついてきた。誰もが彼の爪を噛み、指の股に舌を割り込ませている。

指先がしゃぶられ、手も足も生温かな唾液にまみれた。

真希子の顔が頭上から覆いかぶさっているので、誰がどこを舐めているか見えないが、特に右手は、喉の奥まで深々と呑み込まれていくので、恐らく人間ポンプの姫乃だろう。

さらに姫乃はモグモグと腕そのものを呑み込んでゆき、指先が胃に達したら溶けてしまいそうだった。

仰向けで四肢を投げ出しながら、敏五は何やら本当に五人に食べられていくような錯覚に陥った。そして五人ではなく、何だか真希子から人数分の首が伸び、それぞれの場所を貪られているような気さえした。

真希子は念入りに舌をからめ、敏五も四肢をしゃぶられながら、注がれる生温かな唾液でうっとりと喉を潤した。

すると皆がいったん顔を上げ、円卓が回転してローテーションした。

今度は姫乃が上から唇を重ねてきた。そして、手足も再びしゃぶられた。手足は、さっきより愛撫の場所が進んで、体に近くなっている。

姫乃の舌が潜り込むと、彼もチロチロと舐め、先の割れた舌と温かな唾液を味わった。しかも彼女は総入れ歯を外しているので、滑らかな歯茎の舌触りも実に艶めかしく伝わってきた。

姫乃は舌をからめるだけでなく、彼の鼻の頭や額にも、先割れの舌をヌラヌラと這わせ、顔中を唾液でヌルヌルにまみれさせてくれた。

そしてまた回転し、今度は美沙が唇を重ね、念入りに舌をからめてきた。

次は由希、最後は朱里である。

回転しながら、彼は五方向からの吐息と淫気に包まれ、まだ触れられていないのに屹立したペニスが震え、今にも暴発しそうに高まっていた。

３Ｐまでなら何とか思考が付いていくのだが、相手が五人ともなると、もう誰が誰だか分かりにくく、とにかく美しい五頭竜に全身を貪られる感覚だけが彼を包み込んでいた。

とうとう五人全員と念入りに舌をからめ、四肢も全て指先から付け根まで美女たちの唾液に湿った。

すると、いったん回転が止まり、いよいよ五人が彼の肌に舌を触れさせてきた。両の乳首と脇腹が四人に舐められ、そして真希子が股間に熱い息を籠もらせた。

真希子は彼の両脚を浮かせ、尻の谷間を舐め、さらにヌルッと舌を肛門に潜り込ませてきた。

「あう……」

敏五は妖しい快感に呻き、美熟女の舌先を肛門で締め付けた。

左右の乳首もチロチロと舐められ、脇腹には彼女たちの綺麗な歯並びがキュッと甘美に食い込んできた。

また円卓が回転し、彼の肛門も順々に五人に舐められ、肌のあちこちも舌と歯の刺激が繰り返された。さらに陰嚢も順々にしゃぶられ、股間全体は生温かな唾液にまみれた。

そして再び真希子に戻ると、彼女が今度は肉棒にしゃぶり付いてきたのだった。

4

「あうう、気持ちいい……」

ペニスをしゃぶられ、敏五は快感に声を洩らした。

しかし、手放しで快感を味わってばかりはいられない。

これから五人に同じことをされるのだ。同じといっても、皆微妙に温もりや感触、舌の蠢きが異なるのだから、その刺激に堪えきれるだろうか。

真希子は喉の奥までスッポリと呑み込んでは幹を締め付けて吸い付き、念入りにクチュクチュと舌をからめてきた。

危うくなるとスポンと口を離し、またローテーションだ。

姫乃の歯のない口はまた心地よすぎて、彼は何度も肛門を引き締めて暴発を堪えるのに必死だった。

美沙も由希も朱里も、順々にしゃぶって舌をからめ、スポスポと摩擦してくれた。

何とか五人の洗礼を受け、敏五も漏らさずに済んだ。

すると今度は、順々に彼の顔に跨がり、しゃがみ込んで鼻と口に股間が押しつけられてきた。

真希子の恥毛には生ぬるく蒸れた、濃厚な汗とオシッコの匂いが沁み付き、嗅ぐだけで勃起した幹がヒクヒクと震えた。

舌を這わせ、溢れているヌメリをすすりながらクリトリスに吸い付くと、

「く……」

それまで無言だった真希子が息を詰めて小さく呻き、ビクリと反応して新たな愛液

を漏らしてきた。

その間も、他の四人が彼の脇腹や内腿を舐めたり嚙んだりして、遠慮なくキスマークを付けていたが、さすがに暴発させるのは目的ではないらしく、もう味わったペニスには触れてこなかった。

敏五は、真希子の股間の味と匂いに酔いしれると、彼女は自分から股間を移動させて白く豊満な尻を彼の鼻に押し付けてきた。

ボリューム満点の双丘が顔中に密着し、谷間にフィットした鼻には蕾が押し付けられ、蒸れた微香が感じられた。

匂いを貪ってから舌を這わせ、ヌルッと潜り込ませて滑らかな粘膜を探ると、

「あう……」

また真希子が呻き、肛門で舌先を締め付けてきた。

充分に舌を蠢かすと彼女が腰を浮かせ、またローテーションだ。

今度は姫乃がしゃがみ込み、ムレムレの悩ましい匂いの籠もる茂みを彼の鼻に擦りつけてきた。

敏五はうっとりと胸を満たし、舌を這わせて淡い酸味の愛液を吸収し、執拗にクリトリスを舐め回した。

「アア……」

姫乃も喘ぎ、やがて自分から股間を移動させて尻の谷間を押し付けた。

彼は微香の籠もるレモンの先のような蕾を舐め、同じようにヌルッと潜り込ませて粘膜を味わった。

次の美沙も、やはり茂みは匂いを籠もらせ、愛液も大洪水になっていた。

味と匂いを貪りながら大きめのクリトリスを吸い、尻の谷間も嗅いで舌を潜り込ませた。

「いい気持ち……」

美沙も喘ぎ、モグモグと肛門で舌先を締め付けた。

儀式の最中なので無駄口はきかないが、感じたときの喘ぎは正直に発していた。

由希の割れ目は可愛らしく蒸れたチーズ臭がして、愛液も大人たちに負けないほど多く分泌されていた。

尻の谷間も蒸れた匂いが沁み付き、彼は念入りに舐めて粘膜を味わった。

朱里も、今日はメガネを掛けていないので別人の美女のようで、彼は念入りに前と後ろの味と匂いを貪ったのだった。

一通り終わると、真希子がスックと立って足裏を彼の顔に乗せてきた。

他の女性たちも立って取り囲み、体を支え合いながらサークルとなり、円卓を回転させながら順々に彼の顔を踏みしめた。

敏五は、柔らかな足裏を舐め、それぞれ蒸れた匂いの籠もる指の股を舐め、汗と脂の湿り気を吸収したのだった。

五人分、全ての両足の匂いと指の股を味わうと、今度は全員が座り込み、彼の顔に胸を押し付けて乳首を含ませてきた。

順々に乳首を吸って舌で転がし、顔中に押し付けられる柔らかく張りのある膨らみを味わうと、腋から漂う甘ったるい体臭も皆微妙に異なり、どの匂いにも彼はうっとりと酔いしれた。

乳首も味わい尽くすと、いよいよ回転も停まり、真っ先に真希子が彼の股間に跨がってきた。

先端に割れ目を押し付け、息を詰めてゆっくり腰を沈み込ませると、彼自身はヌルヌルッと滑らかに根元まで呑み込まれていった。

「アア……、いい……」

真希子がピッタリと股間を密着させて座り込み、顔を仰け反らせて喘いだ。

敏五も、肉襞の摩擦と締め付けに高まったが、五人もいるのだから、そうそう気を抜いて漏らすわけにはいかない。

真希子が彼の胸に両手を突っ張り、上体を反らせたまま股間を擦り付け、徐々に上下運動を開始していった。

動きに合わせてクチュクチュと音が聞こえ、溢れた愛液が陰嚢まで濡らした。

しかし取り決めがあるのか、互いに果てる前に動きが止まり、真希子は股間を引き離していった。

得るのは絶頂の快感ではなく、淫気の高まりが重要なのかも知れない。

ほっとしたのも束の間で、すぐにも姫乃が跨がり、同じように座り込んで根元まで膣口に受け入れていった。

「アアッ……、奥まで響くわ……」

姫乃が熱く喘ぎ、密着した股間をグリグリと擦り付けた。

微妙に異なる温もりと感触に包まれ、また敏五は懸命に奥歯を噛み締めて耐えた。

そして何度か動くと、名残惜しいまま彼女は身を離していった。

次は美沙で、滑らかに根元まで納め、キュッときつく締め上げながら何度か腰を上下させた。

「い、いきそうだわ……」

美沙が言い、収縮を強めながらも、必死に腰を浮かせていった。

由希の番になり、母親が見ている前でもためらいなく跨がってしゃがみ、きつい膣口に彼自身を根元まで嵌《は》め込んでいった。

「ああっ……、感じる……」

由希も顔を仰け反らせて喘ぎ、熱いほどの温もりの中で収縮を繰り返した。

そして美少女が離れると、最後は朱里である。

女上位で座り込み、股間を密着させて、すでに四人分の愛液にまみれたペニスを締め付けてきた。

「いい気持ち……」

長い髪を振り乱して朱里が言い、そろそろ敏五も限界を迫らせていた。

「い、いきそう……」

思わず許しを乞うように言うと、真希子が朱里をどかせて自分が跨がってペニスを受け入れた。

「いいわ。よく我慢したわね。全員回ったから放って構わないわ」

言ってくれたので彼も安心し、再び真希子の柔肉に包まれながら、ズンズンと股間を突き上げはじめた。